邱益彰
@道路研究社 著

非凡出版

一九七零年，監獄署（今懲教署）接受工務司署委託，

為港九各道路製作路牌及交通標誌，

在囚人士手造之中文字體稱為「監獄體」。

本書力求重現香港的道路視覺歷史和記憶，

書名及章節標題均使用道路研究社電腦化的監獄體字型。

邱益彰 Gary Yau

@ 道路研究社

老實說，當初從未想過這本《香港道路探索》在事隔六年之後，竟然能夠推出第三次修訂本。回首最初撰寫此書之時，自己大學尚未畢業。出書單純是為了記錄對道路設計的觀察，以及對路牌改善的見解。意想不到的是，書中提出的一些建議其後竟逐一實現。

例如在二零一九年的初版及第二版中，提及引入啡色路牌、以及檢討《道路使用者守則》內的過時交通標誌。結果出版不足一年便「成功爭取」，包括海洋公園設立首塊啡色路牌，以及《道路使用者守則》推出修訂版，解決學習駕駛者「學舊牌，睇新牌」的問題。在二零二一年的增訂本中，又進一步指出《運輸策劃及設計手冊》中的路牌排版問題。沒想到在二零二二年底，運輸署大幅修訂手冊中的路牌設計指引，亦一一改善了路牌設計問題（當然還有進

步的空間）。當刻心中確有幾分欣慰，同時亦笑言本書似乎已完成其歷史任務。

自初版面世以來已有六年，直至去年獲編輯告知第四版經已全數售罄，希望可以藉此機會推出新版，而期間亦有不少讀者詢問再版事宜。當時內心有過一點猶豫，畢竟書中資料已略過時，是否應就此告一段落？不過當時有位朋友說：「本書就好似《運輸策劃及設計手冊》的簡易版，還帶點故事成分，其實都幾值得繼續推出新修訂版。」

對比運輸署的設計指引，本書的重點在於從身邊的交通標誌、設施出發，帶讀者理解背後的規劃邏輯及歷史演變。香港道路百多年來，曾出現不少有趣的事物，惟歷史記載並不完整，散見於各種零碎紀錄。此書正正就是嘗試將這些歷史碎片按時序串連起來，讓讀者用第二個角度去觀察香港的道路設計。

此書過去六年，現在回望某些插圖確實略為粗糙，尤其是一些路牌畫法、路口畫綫等，實在有不少改善空間，因此本次修訂亦重新繪製大量插圖。

本書能順利面世，多得非凡出版的大力協助。在此特別感謝初版及第二版編輯 Sheelagh、增訂本編輯 Carman、三次修訂本編輯 Frankie 的寬容和耐心、以及設計師明志精美設計。

邱益彰

二零二五年六月二十一日

郭斯恆

香港理工大學設計學院助理教授

香港路牌設計 KOL

一個城市被譽為國際大都會，不單純倚仗高聳入雲的現代建築或大型交通網絡建設，其發達程度亦可從細微之處展現出來，例如公路路牌設計。路牌不只為駕駛者提供方向指示，也可反映出城市的視覺文化素質。

一個好的設計，必須讓使用者無後顧之憂，好設計能有效地解決和改善日常生活上的問題。設計不單純滿足於眼睛上的愉悅，也應牽涉功能性，就正如一個良好設計的道路路牌，能有助使用者清晰並容易理解路牌上的信息，並在不同環境下仍能清楚閱讀。

路牌設計與字體設計之間的關係一直是西方設計界所關注的範疇，他們關注字體設計如何增強可視性、可讀性和辨識度；也研究哪款字體在高速公路

上，使駕駛者在短時間內清晰無誤地理解資訊並作出正確決定。但在這方面的研究和關注，香港仍處於滯後階段，更遑論有興趣人士肯在這議題上花功夫研究。

路牌設計研究雖不是我的專長，但也是我喜愛的設計議題之一，因為所牽涉的設計元素繁多，再加上攸關性命，設計過程必須嚴謹無誤。乍看這些公路路牌設計平平無奇，仿似不值一談！如細心察看了解，實在大有學問，因為公路路牌設計涉及心理學、字體學、顏色學、排版學、視覺傳達學、符號學和文化研究等等，是一門跨領域和跨學科的重要課題。

一直以來，以香港案例來講述字體設計和導航系統設計的書籍甚少，若要了解相關資訊，只能閱讀或參考外國例子。本書以「港人講地」來分析香港的路牌設計和歷史進程，具代表性。

認識此書作者邱益彰（Gary）是在一次理大設計系主辦的字體與城市關係座談會，其後才知道他是「道路研究社」社長。Gary 年紀雖輕，但心志大，志氣高。他不安本業，喜愛研究鮮為人知的香港道路路牌，他聯同一班有志之士，走到香港不同地區記錄多種路牌狀況；他更鍾情於研究路牌字體，並命名在囚人士製作的字體為「監獄體」，及進行相關字體設計和研究。Gary 對此議題十分認真，也花上年月去理解背後的設計意念；雖然他沒有受過設計相關專業訓練，但他那種鍥而不捨的精神是每位設計師追求新知識應有的動力，他的學習態度和堅持，實在令人佩服。

這是一本有關設計的書，由一位不是修讀設計的小伙子寫出來的，他對路牌設

計和字體設計產生的好奇心，讓這本書更加吸引。這本書結集了多年來作者對香港路牌的歷史和設計的文字記錄，加上使用了大量輔助圖案，圖文並茂，使讀者更易明白箇中理念。

當讀到 Gary 在書中的分析和對日常生活中道路標誌的細緻觀察，不禁對香港設計和視覺文化抱有更多希望。盼望更多年青人對本土文化和設計有更多認識和尊重，也願意走進社區，發掘更多細微且有趣的設計事情，並為着本土的獨特設計引以為傲。

李健明

「李伯伯街頭書法復修計劃」發起人

記得有一次，我問 Gary：「你努力研究道路及路牌，在你的專頁為人熟知前，有沒有人當你是傻的？」

「當然有吧。」

其實我也是，研究一些沒人留意的事物時，常常被人視作「宅」或「怪」。能不能賺到錢，當然也是常常被問到的事。

二零一七年初，我開始留意「道路研究社」Facebook 專頁。後來，我第一篇訪問在報章刊出時，就是與 Gary 兄共享一整版副刊篇幅。能與薄有名氣的「道路研究社」並列一起，我感到十分榮幸。

鑽研一些看似不起眼的課題，找出背後的大學問，引起大眾的興趣，當中過程艱苦漫長。能夠持之以恆，有系統

地分析調查，更是難能可貴。現在我也受了 Gary 兄的「荼毒」，對路牌多加留意，偶爾看到一些特別的例子，也會拍照記錄。

Gary 和我也在各自完成自己的字型——監獄體和李漢港楷，兩者風格並不華麗，但都曾在香港一些不起眼的地方出現，服務街坊大眾。希望將來監獄體推出市場，能讓全球華人廣泛使用，讓有故事的字體繼續呈現眼前。

最後謹祝《香港道路探索——路牌標誌 X 交通設計》暢銷大賣，一紙風行，讓多些人「開竅」欣賞路牌吧！

吳思揚 Hugo Ng

「誌同道合 De Sign-Age」專頁創辦人

香港各大社交平台和討論區充斥不少「交通標誌」相關的文章和照片分享，其撰文目的往往是以「惡搞」或「找錯處」為主。然而在英國、日本等地，卻有不少嘗試研究和整理街道路牌的「有心人」，皆因它們欣賞路牌設計師在背後所下的苦功。他們會談論「甚麼是恰到好處的字體顏色配搭」、「路牌上的圖像說明如何豐富生動」，並認為路牌設計除了在交通安全方面作出了極大貢獻，更為世界各地建構自己的文化象徵。

如今能見證「道路研究社」的第一部同類著作面世，能更進一步引起香港人關注街道常見的路牌，對我來說實在是無比激動。事實上，我認識 Gary 的時間雖然不算很長，但從日常聊天以及看過他在 Facebook 專頁發表的文章，很快便被他那份對「道路議題」的熱情

與執着感動。不論是字型排版、道路設計、路牌變遷等，Gary 總是有理有據地作詳細解釋，亦不吝嗇與他人分享自己在製作「改良版路牌」和「監獄體」字體時的心得。今次能夠有機會為「戰友」的作品寫序，而且內容與自己心愛的路牌有關，可說是個「千載難逢」的機會。

對不少人來說，交通標誌只不過是《道路使用者守則》上的規定，其歷史文化價值往往很易被忽略。身處異地，我們不時會赫然發現街道上的路牌似曾相識，例如「禁止進入」符號大多數由「紅色圓餅及白色橫柄」組成，有時會加上文字輔助，主因是各地政府是分別按《維也納協議》（歐式標準）和《道路交通管理標誌統一守則（MUTCD）》（美式標準）作為設計藍本，試圖統一世界上各種道路語言，此舉顯示了世界各地對於保障交通安全的共同決心。Gary 在本書首個章節用心地梳理世界路牌發展史，乃本書的一大焦點。

港英政府在上世紀初，為解決日趨嚴重的交通安全問題，順理成章地引入整套英國道路設計標準，令香港街景貼近英國；但細心對比下，卻會發現有些地方與宗主國大相逕庭。我認為其中最引人入勝的部分是「速度單位十進制」（這也是理所當然的，小弟在這個部分幫忙搜集資料，能夠為本書作貢獻確實感到榮幸），當年香港政府狠下決心，在六十年代推出改用十進制單位的政策，及後在七十年代，僅用三天時間，就大致將全港限速標誌牌更換成公制單位，順利與世界接軌。反觀英國政府在推行初期面對政客阻撓，時至今日依然偏袒使用英制單位，而在當今脫歐風氣盛行之時，民間更自行組織義工隊拆除「公制單位」，以圖阻止「英制單位」

二零一八年七月三日吳思揚（右）與 Gary 在 PMQ 舉行的「漢字展」中即場探討及創作字體。

這個傳統繼續受辱。

此外，從路牌上的中英字體可見，路牌確是香港中西文化交融的重要標誌。路牌上的英文字沿用了英國標準的 Transport 字體，因簡潔且辨識度高至今仍受人稱讚；然而中文字卻因為造型千變萬化、筆劃複雜，在電腦尚未出現的年代並無官方標準，這個繁瑣的工序交由囚犯負責，這或許是讓他們沾點書卷氣，充實鐵窗生涯。縱使手製路牌字體容易出現瑕疵，造成一個中文字有數種寫法，但看過 Gary 昔日的專訪後，頓時覺得它們很有生命力。路牌隨年月更替，「監獄體」這個快將消失的手製字體正由 Gary 和其團隊悉心作電腦記錄，並在書中詳細透露收集及製作字體的過程，實屬難得，深信「監獄體」在日後正式推出時必會引來更大迴響。

現時港珠澳大橋香港連接路段，已經遷就內地標準，改以「右上左落」形式通車。近年亦有政界人士提倡全面改變香港行車方向，以減少交通方面的矛盾，加快中港融合。Gary 在書中引用外國實例，指出在港全面實施極為困難，亦介紹了一些值得參考的外國道路設計。我認為這個章節尤其重要，因為「五十年不變」時限將至，不論是當權者抑或大眾，同樣需要深思香港的路牌和道路設計在未來何去何從；在追隨時代步伐的同時，應如何保持自身優勢。

當然本書還有更多精彩內容等待大家細味，但由於篇幅所限，我的序言到此為止。最後，希望新書能順利出版，並期望各位讀畢此書後，有興趣更深入認識路牌和道路設計的多元層面，並在日後遊走街道時以嶄新視角欣賞香港、愛香港。

羅宜峻

前《香港 01》博評編輯

每天穿梭於城市之中，大家各有目的地；在路上，你玩電話、我聽歌、他發夢，道路本身鮮是主角。它不搶鏡，但每個路標站牌，每條天橋、隧道、斑馬線，甚至路旁的燈柱、樹木、行人路，多多少少塑造了城市和活在其中市民的性格。試想像，如果全港道路皆闢出單車徑，或者如新加坡般嚴厲懲罰亂過馬路者，幾可肯定會扭轉港人的生活習慣。

我在《香港 01》任職編輯時，經「愛情·運動」博客邱益忠引薦，認識其弟益彰，說想開個專欄寫「道路研究」。一個遠在澳洲南荒，大學都未畢業的小子，幾乎沒有寫作經驗，竟心雄要在香港傳媒寫專欄，而且是「研究」嗰！「道路」嗰！實在令人擔心能夠吸引幾多讀者注意。也罷，橫豎網媒的好處就是沒有版面限制，姑且試試。

益忠兄告訴我，原來弟弟是阿氏保加症患者。當時我們評論版的編輯斷斷續續在做有關阿氏保加症的專題，嘗試扭轉大眾對此症患者的負面印象，讀者反應甚好。於是我鼓勵益彰試從自身經歷着手，剖白成長經歷與研究道路這興趣的關係，文章甚有迴響。然後，我們參考香港電台的長壽節目《大城小事》，請益彰再用旅澳港人的視角，寫寫自己在澳洲所見所聞，聚集固定讀者，伺機而動，寫他最感興趣的道路大小事。

益彰謙虛、博學、準時交稿，是編輯夢寐以求的實力派作者。拜讀益彰每期專欄，獲益良多，眼界豁然開朗。他對道路、城市設計，甚至香港歷史的認識，於朋輩之間可謂無出其右。後來他對三隧分流、港鐵故障、社區保育等議題發表獨到見解，字字鏗鏘，皆泛漣漪，作為負責編輯，實在沾光。

觀乎世界道路系統如恆河沙數，益彰又人在澳洲，為何偏好研究香港道路？或者就是他對這片土地的歸屬感，對香港人的身份感到自豪。二十出頭，益彰已經寫成道路研究專書，教人羨艷。能夠為其書作序，於有榮焉。祝益彰孜孜不倦，以闡揚光大所愛所學為不朽事業。

前言

二零一九年上半年，道路研究社收到一些讀者訊息，問到最近似乎很長時間都沒有出文。我們都一直回答：「正在進行 Secret Project。」雖然我的朋友都知道這個 Secret Project 就是出書，不過希望能給讀者驚喜，所以臨近推出才向大家公佈。寫書之時正值我大學 Final Year，因為學業繁重關係，亦未能抽空在道路研究社撰文，僅此向大家致歉。

現今社會流行速食，大家都以「Too long, didn't read」為常，如果文字太多、圖片排得太密，會影響讀者閱讀的意欲。受制於以上原因以及 **Facebook** 的篇幅和圖片限制，過往道路研究社 **Facebook** 專頁發佈的文章皆為刪節版本。雖然一直想另立網站，發佈原汁原味的長篇文章，不過因為太過忙碌的關係，網站一直顯示「Coming

Soon」。基於以上種種原因，才構思到書中應以「無刪節版」和新主題文章為主。這本書接近八成均為全新內容，希望讀者能在這個速食社會中靜下來，細味這本書之餘，更留意身邊的事物。

《香港道路探索——路牌標誌 X 交通設計》順利出版，當然要感謝非凡出版的邀請，道路研究社眾社員及各方朋友的協助，請容許小弟另在後記中一一鳴謝。另外亦要感謝郭斯恆教授、李健明先生、吳思揚先生及羅宜峻先生賜序，小弟才疏學淺，感謝他們的啓發，使到本書能夠成功面世。

出書？寫咩先？

二零一七年，我在機緣巧合下認識了理大設計學院的郭斯恆教授 Brian。當時 Brian 正與他的學生進行名為「霓虹黯色」的研究計劃，記錄香港各處的霓虹燈招牌，並在翌年七月推出同名書籍。Brian 提議我應該以文字和圖片方式，將「監獄體再現計劃」編寫成書籍。當時我還覺得，出書這事似乎和我距離有點遙遠。一來，我還不知道書中應該寫些甚麼；二來，我文筆一向「麻麻」，覺得自己不是一個合格的作者，故此沒有付諸實行。

直到二零一八年，有幸獲非凡出版的邀請，有機會實現出書這件事。不過在最初，我還未想到內容大綱應是如何，所以就參考了 Brian 的著作《霓虹黯色——香港街道視覺文化記錄》，開始有靈感和概念；例如以地圖形式記錄監獄體路牌

的數量和位置、以對話形式敍述事情的經過、以時間綫形式編排章節等等。多得Brian 的啓發，令此書變得容易閱讀和富含有趣的重要元素。

造字同路人

在一次報紙訪問中，認識了同樣是造字的「李伯伯街頭書法復修計劃」發起人——李健明。香港街上充滿各式各樣的招牌，除了家喻戶曉的北魏字體之外，還有不同寫字佬的特色書法。阿健從事招牌行業，製作招牌時亦會用到父親已故好友——李漢留下的墨寶；而復修計劃就是將這些珍貴墨寶數碼化成電腦字型。我不時和阿健交流，討論造字體的製作過程。而監獄體造字工序有時遇上技術難題，例如標點符號在橫排和直排時的轉位問題，也是多得阿健才能夠解決。

記得有一次拜訪阿健的工作室，和他分享發掘監獄體路牌的故事。其中我講到一些疑惑，到底為甚麼有些路牌貼紙會與路牌分離、有些路牌會佈滿灰塵和青苔。阿健以他招牌佬的角度，分析了路牌的製作過程以及損耗情況。本書亦會引用阿健的專業分析來簡介相關知識。得知阿健的李漢港楷字型即將眾籌，亦會將過程輯錄成書，並講述招牌風景故事，在此先祝賀其新書《你看港街招牌》暢銷大賣！

志同道合：誌同道合

我身邊喜愛交通的朋友，通常都只是對巴士、鐵路、航空等交通工具感興趣。而真正志同道合、一同喜歡交通標誌的朋友，其中一位就是「誌同道合 De sign-Age」創辦人——吳思揚 Hugo。

大約是二零一五年之時，因為要製作一個模擬駕駛電腦遊戲附加檔案，需要搜集交通標誌資料，當時在網上搜到「誌同道合」的 Facebook 專頁。「誌同道合」是當時少數研究標識系統的中文網站，且對導航、資訊設計及圖案有深入的分析。當時對我的資料搜集亦起了極大幫助，尤其是繪畫標誌圖案時能夠作參考。

後來創立道路研究社之後，閒時會與其他 Facebook 專頁互動，因而認識了 Hugo 本人。其實在認識 Hugo 前，我只是對方向指示牌略有研究，但對交通標誌的歷史和故事懂得不是很深入。有一次 Hugo 和我分享一本從大學圖書館借來的書，原來是英國政府在一九六三年針對改革交通標誌系統的《禾貝斯報告》。報告附錄中印上的各類彩色交通標誌深深吸引了我，於是決定花時間將這本《禾貝斯報告》全本讀完，繼而閱讀更舊的英國政府報告，我才將整個英國交通標誌和路牌的歷史搞清楚。本書第一章介紹的英國、歐洲、日本及美國的早期交通標誌和字體歷史，亦是多得 Hugo 才能成事。

出書？文筆好重要喎！

當我和出版社商討本書的初步概念時，聽到需要五萬字時，當堂嚇一跳。到底五萬字是甚麼概念呢？我大學主修資訊科技，甚少要寫長篇大論的論文功課，通常都是一些編寫程式的作業。對我而言，寫一千字經已是難如登天，更何況五萬字呢？而且文筆亦非常重要，如果五萬字全部句字都不通順、錯漏百出，又豈能成為一本書呢？

感謝前《香港 01》博評編輯——羅宜峻 Aston 給予我機會寫專欄，容許我以興趣事物為題。我的文筆一向普普通通，甚至有時候會有「語癌」。感謝 Aston 的支持和鼓勵，令我透過寫專欄改善自己文筆。

目錄

第二章　香港路牌與交通標誌

第三章　交通事物

第四章 道路設計

第五章 監獄體路牌記載的香港故事

第一章

世界路牌歷史

香港為前英國殖民地，由城市規劃以至日常生活都保留了不少英治時期的標準，例如三腳插蘇、鐵路軌距、電話標準、道路設計及交通基建等，甚至比其他英聯邦國家還要多。澳洲和紐西蘭雖然保留了靠左行車、左上右落的規則，但道路設計大多向美國靠攏。香港可說是在眾多前英國殖民地中，保留得最多現代英國標準的地方。

如果要探討香港的道路發展，必然牽涉英國及世界各國的道路標準。本章先帶大家由二十世紀開始，走遍英國、美國、日本及香港，研究世界各地路牌的歷史故事。

1.1 早期英國路牌：梅培理標準

在二十世紀初期，汽車逐漸成為社會主流的代步方式。汽車與馬車相比，無論速度還是方便程度均是更勝一籌。不過衍生的安全問題成為社會上一大議題，亦促成各種駕駛考試、速度限制等規則的出現。試想想，汽車和馬車的速度差天共地，隨意更新路牌和交通標誌，會對駕駛者及路人安全帶來極大危險；因此路牌需要經歷一場大改革。

當時英國的路牌毫無設計標準可言，多為一些寫上字句的牌子。常見的路牌物料是髹上顏色的木板，或是鑄上浮裝字的鐵板。正正因為無統一標準，每一塊路牌都是按照匠師的個人喜好而定，駕駛者行車時需要花時間理解路牌內容。而英國路牌的首個統一標準，則是出自首任運輸大臣姬安衛爵士（Sir Eric Campbell Geddes）的決策，以及路政專家梅培理爵士（Sir Henry

Maybury）的專業設計。

一九一九年，時任首相萊勞・佐治成立運輸部，並任命姬安衛爵士為首任運輸大臣。取代原有的道路局（Road Board），主管鐵路、公路、運河和碼頭事務。當時設立運輸部，是因為前道路局的官僚主義作祟，該局被批評無善用私家車稅收所得之資金作道路改善工程，使全國道路滿佈碎石、泥漿，陷於極為惡劣的狀況。

被無視的指引

最早的交通標誌標準於一九零四年出現，由郡市議會等組織聯手制定。此標準主要規範速度限制、禁止、警告等交通標誌。儘管如此，仍有部分政府部門不跟隨指引，執意自行設計，亦有不同車會在各地設置自家指示牌，完全對設計指引視若無睹。

姬安衛上任運輸大臣後，委任路政專家梅培理出任路政司。隨着交通流量日益增加，以及速度限制的放寬，梅培理認為有必要統一指示牌的設計標準，以確保指示牌能對應不同路況。一九二零年十一月，梅培理為運輸部推出交通標誌新標準，此標準參考了各車會及商會的意見，同時獲測量師聯會支持。

圖案與學校火炬

驟眼一看，運輸部的新標準跟一九零四年的指示牌規格如出一轍：新標準保留了指示牌頂部的裝飾物以識別指示牌類型，下方則擺放印上警告訊息的板塊。頂部裝飾物亦未見作出改動：白色圓環標示「速度限制」、紅色圓圈標示「禁止」，以及紅色三角形標示「警告」。新標準的設計重點，是針對裝飾物下面的資訊板，規定其擺放的高度，

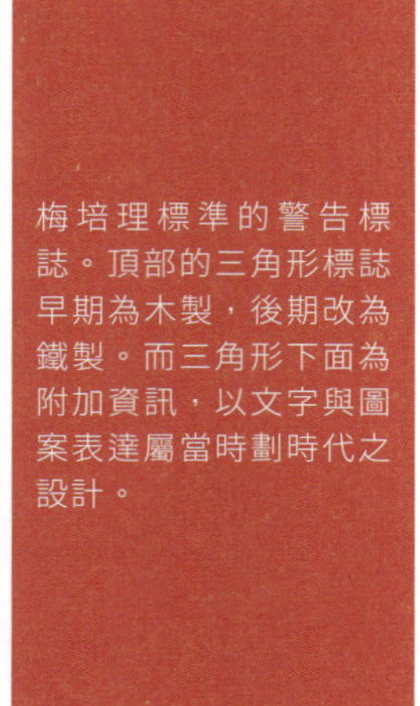
梅培理標準的警告標誌。頂部的三角形標誌早期為木製，後期改為鐵製。而三角形下面為附加資訊，以文字與圖案表達屬當時劃時代之設計。

以及字眼用語。

除了以文字表達，梅培理堅持加入圖案或符號，主要參照歐洲各國標準，在當時屬劃時代的設計：以六款圖案表達前面的路況，包括學校、道路與鐵路相交處、十字路口、轉彎處、之字路和斜坡。

這批圖案之中，「學校」的設計被指莫名其妙，到底火炬和學校有甚麼關係呢？其實學校標誌的概念源自「知識之炬」（Torch of knowledge）。但由於火炬圖案被指意義不明，造成不少誤解；最終在五十年代被棄用，改為兩個兒童的圖案。值得一提的是，雖然火炬圖案已在六十年代的英國消聲匿跡，不過直至二零零零年，火炬圖案仍有用於香港交通安全隊的「停車　兒童要橫過馬路」的舊款路牌上。

三個時代的學校標誌。

火炬代表學校，設計理念是「知識之炬」。圖為香港交通安全隊的「停車　兒童要橫過馬路」的舊款路牌。

因為火炬圖案被指意味不明，後來改成兩個兒童。（Dmyward 攝）

英國現存舊式地點指示牌。（Jonathan Ho 攝）

縱橫英聯邦交通字體

梅培理標準並非一成不變，當局不時會作出修訂，以確保標準切合當時的需求。一九三三年，即梅培理標準公佈後的十三年，當局公佈的梅培理報告正式制訂交通標誌的字體標準，統一當時路牌上雜亂無章的字體。這套字體由設計師 Llewellyn-Smith 設計，因此又被稱為 Llewellyn-Smith alphabet。至於這位設計師是何方神聖，有指可能是一位名為 Hubert Llewellyn-Smith 的公務員；但由於沒有文獻記錄他的真實身份，至今仍然眾說紛紜。而這套字體是出自英國運輸部（Ministry of Transport，簡稱 MoT），因此又被稱為 Ministry；即是當時運輸部的簡稱。為方便起見，本書會一律統稱此字體為 Ministry。

筆者認為 Ministry 的最大特色，就是數字「3」的頂部是橫筆，與平常看見的呈孤形設計不同。這種寫法又被稱為「平頂3」（Flat top 3），與倫敦地鐵、城巴常用字體 Johnston 一樣。「平頂3」的設計有兩個由來，一是避免有人透過偽造手法將「3」改成「8」，這個情況亦運用在車牌上的防偽設計中；二是數字「3」與西里爾字母「З」（ze）混淆。不過有更多時候純粹是字體設計師的個人喜好，譬如 Ministry 是英國字體，沒有西里爾字母的設計問題，另外字體的「E」和

平頂3（Flat top 3）。

「F」橫筆水平一樣，不法分子可以輕易將「F」改成「E」，故此相信採用「平頂3」不是出於防偽設計的考量。順帶一提，由於當時英國路牌以全大楷為主，故原先 Ministry 並沒有細楷字母以及只有一款字重，後來字體設計師 Rian Hughes 以此為藍本重新設計多達七個字重的新 Ministry 字體。

作為英國殖民地，香港很自然地跟隨宗主國引進英國路牌標準；大部分的梅培理標準交通標誌都採用 Ministry 為英文字體，但隨着香港在一九八四年全面淘汰梅培理標準，改由新的禾貝斯標準取而代之。這些配搭 Ministry 的舊款梅培理標準逐漸消失在我們的視野之中，在稍後章節亦會詳細介紹。

由於 Ministry 屬於早期設計字體，且沒有明確規定字母的粗幼和大小，變相引申出不同的變種；例如香港車牌標準字體。

香港碩果僅存的梅培理格式交通標誌，頂部的三角形經已掉色。英文字體為 Ministry。（Mike Yuen 攝）

根據運輸署的車牌標準，車牌必須採用一九七二年英國 BS AU145a 標準，車頭為白色車牌，車尾則為黃色車牌。雖然沒有指明字體名稱，但在第374E章《道路交通（車輛登記及領牌）規例》附表4之中附上一幅字體樣本。而這套字體正是 Ministry 於

ABCDEFG
HIJKLM
NOPQRST
UVWXYZ
1234567
890

第 374E 章《道路交通（車輛登記及領牌）規例》附表 4。

一九三三年推出的最原始版本，部分字母與現時常見的一九五七年修訂版有出入（例如G和M字）。

但法例附表中的字體是十多年前的手繪；每個字母都沒有標上明確的尺寸要求，因此與原版Ministry的細節變得不一樣。正因為法例附表的車牌字體欠缺尺寸細節、字母時粗時幼，充其量只能作為參考用途，這難怪不少人覺得車牌字體核突。如果需要嚴格執行車牌字體指引，不如先補充字體的詳細要求吧？

首次傳到澳洲

筆者曾經有七年時間在澳洲讀書，最初到埗時感到異常地失望；因為澳洲曾經作為英聯邦國家，但無論是道路標準或交通標誌，基本上都是左右反轉的美國標準，絲毫找不到英國的感覺。例如全部使用美國的Highway Gothic字體，採用美國的路口設計等。主要原因是澳洲早於一九零一年獨立，不需要對英國而來的標準照單全收。而戰後澳洲逐漸向美國靠攏，道路設計基本上全抄美國；所以除了道路上靠左行駛，澳洲與英國的道路設計並沒有共通點。

不過凡事沒有絕對，有一次筆者在南澳州阿德萊德市（City of

南澳州現存的舊式 Ministry 街道路牌，圖為阿德萊德摩佛街（Morphett Street）。

位於屈摩廣場（Whitmore Square）的舊街牌。

Adelaide）的街道閒逛時，留意到一些釘在建築物外牆的街道路牌，不知為何筆者感到莫名的親切感。及後經過對比後確認是 Ministry 字體；對於全部採用美國標準的澳洲而言，這個英國字體的街道路牌顯得別樹一幟。

然而，這些 Ministry 的阿德萊德街道路牌亦逐漸買少見少，早於十多年前已開始被美式標準 Highway Gothic 取代；目前僅淨數十塊漏網之魚。

1.2 風行全球：美國標準

現今各國的路牌和交通標誌主要分作兩大類，分別是歐洲、美國兩大標準。其中歐洲標準主要以《日內瓦公約》及《維也納公約》為原則，各國再按需要衍生不同的設計；部分歐洲殖民地亦有跟隨宗主國的標準。而美國標準主要根據《道路交通管理標誌統一守則》（Manual on Uniform Traffic Control Devices，簡稱 MUTCD）而制定。MUTCD 除了在美國本土實施，更推廣至全球各地，例如阿根廷、澳洲、巴西、加拿大、智利、日本、馬來西亞、紐西蘭、菲律賓和泰國等。

車會話事

一八九九年，美國汽車協會前身的汽車會於紐約市成立，車會其中一個職責是設置和維修本地公路指示牌，為司

機提供導航指示。到了二十世紀初，越來越多車會相繼成立，各車會爭先到處豎立自家路牌。由於各車會之間不單沒有協調，更相互競爭，造成路上遍佈重複的路牌。根據當時資料統計，近一半道路設置多達十一款不同格式的路牌。這個情況與上文提到的早期英國路牌起源有雷同之處，兩者均是源於車會之間的權力鬥爭，車會執意自行設計及設置路牌，造成混亂，終令駕駛者受害。

有見及此，在上世紀二十年代早期，一群來自印第安納州、明尼蘇達州及威斯康辛州的代表周遊全國，實地考察並設計統一標準的交通標誌，並於一九三二年向密西西比谷公路局聯會（Mississippi Valley Association of Highway Department）提交研究報告，正式確立全國統一交通標誌及路牌標準

格式。當時所訂下的部分標誌形狀，至今仍然通用。例如停車標誌雖然顏色經過數次修改，但至今美國仍然沿用八角形的設計，甚至推廣至全世界。

鑽石形警告標誌

二十世紀二十年代起，美國當局開始就路牌設計發表多份研究報告和標準，奠定統一交通標誌的基礎。紅色帶有危險之意，常用於警告用途；例如前篇介紹的英國早期路牌，紅色三角形為警告標誌。不過，現時美國的警告標誌並非紅色，而是黃色背景的鑽石形狀標誌。

在設計初期，美國與歐洲同樣在警告標誌上髹上紅色，以提醒駕駛者前面可能出現的危險事物。及至一九二四年，美國國家公路及運輸協會（American Association of State Highway Officials，）發表一份交通標誌研究報告建議書，報告中提到，紅色在夜間可視性較低，駕駛者可能難以察覺；故提議改用黃色背景與黑色文字，提高夜間時分的可視性。

自此，美國的警告標誌則改成現今常見的黃色鑽石形，亦是加拿大、墨西哥、澳洲、紐西蘭、愛爾蘭、印尼、馬來西亞、泰國、日本及南美大部分國家所採用的標準。

停車標誌

今時今日，全球各地雖然有不同的路牌標準，不過相信其中一個標誌，幾乎全世界都採用同一格式，就是停車標誌。呈八角形的交通標誌只有一個意思，就是「停車及讓路」之意。為甚麼

左上 1915 年、右上 1924 年
左下 1942 年、右下 1954 年

美國八角形停車標誌

只有停車標誌如此別樹一格，偏偏採用與眾不同的形狀？

八角形的停車標誌起源自美國，首次於一九一五年在密芝根州底特律市出現，不過當時為白色路牌配黑色文字；尺寸比現時設計略為細小，為六十一乘六十一厘米。而當時這款停車標誌僅屬底特律的特產，其他地方未有採用。直至一九二四年，八角形停車標誌與鑽石形警告標誌被納入 AASHO 的交通標誌研究報告，正式成為標準。

當局採用八角形作為停車標誌，是因為其形狀容易辨認，尤其是夜間行車時亦能察覺得到。當時還未出現以反光物料製造的路牌，奇特易辨的形狀成為了首要選擇。值得一提的是，雖然八角形停車標誌的形狀從未改變，但在一九三五至一九五四年間，曾修訂多達八次，主要是修訂標誌的尺寸、放置高

度、物料和顏色。在顏色方面經過多番修改，最早期的底特律版本為白色路牌配黑色文字，一九二四年 AASHO 版本為黃色路牌配黑色文字，一九五四年就改用現今 MUTCD 版本——紅色路牌配白色文字。

而歐洲原本已有停車標誌的標準，為圓形中間加一個倒三角。不過最終亦敵不過美國如此獨特標誌，後來統一歐洲標準的《維也納公約》亦把八角形形狀納入為停車標誌；現時大部分歐洲國家已改用八角形停車標誌，只有少數國家仍採用舊歐洲標準，如古巴和湯加。

世界各地的八角形停車標誌，大多因應各地需求而印上當地語言。例如英語國家使用「STOP」、中國使用「停」，不過以色列沒有印上文字，反而用手掌圖案代替。但無論各地標誌印上何種語言，統一的標誌款式均能清楚表達意思。

順帶一提，日本是目前全球唯一一個停車標誌並無跟隨任何國際標準的地方。日本的停車標誌為一個倒三角，印上「止まれ」（停），因應二零二零年東京舉辦奧運會，當局決定在停車標誌上加上英文，切合外國人需要。

①美國 ②英國 ③香港 ④中國
⑤以色列 ⑥英國（舊） ⑦日本 ⑧土耳其

全球首款公路字體

提到道路專用字體，大家可能會想到英國和香港的 Transport、日本的公團文字，這兩個字體的故事會在後面章節詳細解說。但是，普及率最高的道路專用字體，就是原產自美國的 Highway Gothic，又稱聯邦公路字體。

美國聯邦公路管理局於一九四八年推出 Highway Gothic，是第一個專為公路而設的字體。字體特別之處在於可以從窄至闊分為 A、B、C、D、E、E（M）及 F 七個不同闊度的版本，設計時能夠靈活放置文字，例如空間不足時，可改用較窄身的版本；但這同時亦存在不少缺點，其中一個是令駕駛者需要額外時間去辨認文字，容易構成危險。Highway Gothic A 型因為字體過窄造成閱讀不便，已被當局棄用。文字設計平台 Type is Beautiful 文章《高速

公路路標字體：發展和中國新標準》提到，Highway Gothic 的字體設計沿自民間手工製的路牌，設計輕率粗糙，沒有處理細節。更重要的是，Highway Gothic 沒有經過任何路面可讀性測試。

二戰後美國地位提升，Highway Gothic 與 MUTCD 標準一同推廣至不同地方。甚至連部分英聯邦成員國，如加拿大、澳洲、紐西蘭、馬來西亞等都選擇採用美國標準。目前，內地、台灣及澳門亦有採用 Highway Gothic；不過由於缺乏相關指引與標準，三地路牌都會出現一時為 Arial、一時為 Helvetica、一時為 Highway Gothic 字體混集的情況。

Highway Gothic
B C D E E(M) F
San Francisco New York Exit
Mt Lofty Southeast Fwy
M2 NORTH-SOUTH MOTORWAY
Mawson Lakes Salisbury
Washington Downtown
Chicago FREEWAY AHEAD
RIGHT LANE 500m MERGE

B	Ag	2	Mawson Lakes
C	Ag	2	Mawson Lakes
D	Ag	2	Mawson Lakes
E	Ag	2	Mawson Lakes
E(M)	Ag	2	Mawson Lakes
F	Ag	2	Mawson Lakes

Highway Gothic 字體樣式及其六種闊度。

圖中路牌上方「ON SIDE ROAD」採用C型，下方「SIDE ROAD CLOSED」採用 D 型。

舉旗不定的改良字體

Highway Gothic 自開發至今已有超過七十年歷史，易辨性低的問題一直為人詬病。故此美國在二零一四年推出實驗字體 Clearview，以提高易辨性和可讀性，當局在二十多個州設置 Clearview 試驗路牌作實地測試，不過 Clearview 由設計至應用的路程十分漫長，更曾經歷數次淘汰。

實驗結果顯示，反光路牌時常令高齡駕駛者感到眼花。特別是 Highway Gothic 的文字在夜間被車燈照射反光後會黏在一起，未能看清，有機會危及駕駛者安全。設計師與工程師調查發現，路牌的設計格局並非問題所在，最主要問題還是出於字體本身。設計師為此參考各國的道路專用字體，但綜觀各種都不完全適用於美國。所以，他們決定在 Highway Gothic 的基礎上重新設計一款字型——Clearview。

Clearview 在設計界中雖獲不少好評，但同時卻引起爭議。主要是有駕駛者投訴，路牌轉用新字型後看不慣。於是聯邦公路管理局在二零一六年初決定棄用 Clearview，重新採用 Highway Gothic，甚至推翻過去設計師的觀點，認為 Highway Gothic 不存在閱讀困難的問題，只需放大文字就能解決。當局並批評 Clearview 只適用於深色背景配白色文字的路牌，但當運用到黃色或白色等淺色背景配以黑色文字時，可讀性卻比 Highway Gothic 遜色。正當大眾認為 Clearview 將會逐漸消失之時，情況居然奇蹟地逆轉。美國國會在二零一八年初通過新法案，允許重新採用 Clearview 並應用於道路路牌上。

美國當局在路牌字體選擇上舉旗不定，目前僅有美國部分州份、加拿大、菲律賓、印尼改用 Clearview。至於其他採納美國標準的地方，如澳洲、紐西蘭、台灣等，則未有改用新字體，相信是為了避免標準朝令夕改，令駕駛者混淆。現時美國仍未決定是否正式以 Clearview 取代 Highway Gothic；不過這兩款字體之爭，可能若干年後都未知誰勝誰負。

採用 Clearview 字體的實驗路牌，而路盾上數字仍然為 Highway Gothic。
（Kelley Cook 攝）

1.3 戰後公約：歐洲標準

第一次世界大戰後，國際聯盟成立，同時設立道路交通常設委員會（Permanent Committee on Road Traffic），為各成員國制訂一套統一的標準。但由於國際聯盟核心為歐洲，實際實施公約條文基本上只涵蓋歐洲各國和其殖民地，故訂立的標準又可稱為歐洲標準。美國標準之所以能夠獨當一面，主要是因為美國從未加入國際聯盟。儘管二戰之後，國際聯盟的道路交通公約過渡至新設的聯合國，但美國依然未有簽署公約，故沒有依照公約的標準。

設立國際交通公約的原因，主要是為了提高在國際道路上的交通安全意識。例如制訂統一的交通標誌、訊號標準、過境車輛等協議，舉例國際駕駛執照就是依照一九六八年《維也納道路交通公約》所訂立。

公約時間綫

1920　國際聯盟成立

↓

1926　巴黎　國際道路交通公約
Convention internationale relative à la circulation routière（法語）

巴黎　國際汽車交通公約
Convention internationale relative à la circulation automobile（法語）

↓

1931　日內瓦　道路訊號統一公約
Convention concerning the Unification of Road Signals

↓

1945　聯合國成立

↓

1949　日內瓦　道路交通公約
Convention on Road Traffic

日內瓦　路牌及訊號協定
Protocol on Road Signs and Signals

↓

1968　維也納　道路交通公約
Convention on Road Traffic

維也納　路牌及訊號公約
Convention on Road Signs and Signals

左圖時間綫列出的各項國際交通公約之中，有關路牌、交通標誌、訊號的條文，分別只在一九三一年和一九四九年簽訂的兩項《日內瓦公約》，及一九六八年簽訂的《維也納公約》出現。

警告標誌

美國的警告標誌為鑽石形狀，而歐洲則為三角形，警告標誌早於一九三一年《日內瓦公約》出現。一九三一年版的警告標誌設計準則為白色背景配黑色圖案，但圖案比較細小，由於沒有強制規定顏色，所以實際應用之時，會出現各種顏色配搭。

一九四九年《日內瓦公約》修改的警告標誌設計，相信較為讀者熟悉。標誌外框為紅色，比起舊款更能突顯警

上起：1931 年、1949 年白色版修訂、1949 年黃色版修訂、1968 年新增選項

告之意；背景顏色為白色或黃色，而圖案為黑色或深色，標誌深淺分明。風格偏向現代化之餘，亦有妥善運用空間位置。當時香港和澳門分別為英屬和葡屬殖民地，而英國和葡萄牙亦是締約國之一，故香港路牌設計亦是基於公約再作修改。

一九六八年《維也納公約》沒有就舊有設計作出修改，反而是加入美式的鑽石形標準。不過除愛爾蘭改用鑽石形為警告標誌外，絕大部分歐洲國家都繼續以三角形為主。

禁止標誌

如果你曾到訪歐洲，或許會對各個禁止標誌感到疑惑。舉一個例子，「禁止左轉」標誌就是由一個紅色圓圈、一條斜綫，斜綫下再加上轉左的箭咀組成，一目了然。紅色和斜綫代表禁止，但「禁止汽車進入」標誌卻沒有加上紅色斜綫；「禁止左轉」、「禁止右轉」及「禁止掉頭」均有紅色斜綫，但其他禁止標誌則沒有。為甚麼會出現這種現象？

最初制訂標準時，圓形標誌定為命令之意，紅色為禁止的命令，藍色為跟

從的命令。故此只要是紅色圓形標誌，就是不允許之意。至於方向指令禁止標誌設有紅斜綫的原因是，最早期的禁止標誌只有「禁止左轉」、「禁止右轉」、「禁止掉頭」及「禁止泊車」，而舊有設計均有紅斜綫。後來國際聯盟轄下之道路交通常設委員會決定，以同一種形式標示禁止事項，例如「禁止車輛進入」、「禁止電單車」、「禁止行人」等。但是當時有委員認為，在圖案上加上斜綫遮蓋了圖案，不能容易分辨，遂刪除斜綫。這項設計由一九三一年沿用至一九四九年的《日內瓦公約》，直至一九六八年《維也納公約》才統一加上紅斜綫，不過改為以圖案覆蓋斜綫。

雖然如此，但除了丹麥、芬蘭、冰島、愛爾蘭、挪威、瑞典的禁止標誌一律劃上斜綫之外，歐洲各國仍然跟隨舊公約標準，未有統一禁止標誌。順帶一提，兩岸四地中，澳門跟隨葡萄牙不設斜綫、台灣跟隨《維也納公約》之新標準。看起來似乎非常混亂，但大家只要記得紅色圓圈是禁止之意即可。

公約對世界的影響

雖然《日內瓦公約》和《維也納公約》的簽署國不多，但其交通標誌的設計風格影響深遠。《日內瓦公約》是全世界首個以圖案為主的交通標誌系統，簡單易明亦富現代感；同時亦影響到以文字為主的美國標準，雖然美國並不是締約國，但不少美國交通標誌改用圖案表達。●

前面左彎
路面不平
之字路
前面右彎
前面先右轉
的連續彎路
禁止
車輛駛入

上起：
1949 年白色版修訂、
1949 年黃色版修訂、
1968 年新增選項

30
時速限制 30
公里／哩
禁止駛入
速度限制
終止
禁止左轉
STOP
停車及讓路
禁止
汽車駛入
禁止泊車
禁止電單車
駛入
左轉
禁止
機動車輛
駛入

1.4 英國快速公路誕生：艾國林委員會與 Transport 字體

一九五八年十二月，英國首條快速公路——培士頓繞道（Preston By-pass）通車。英國政府深知舊式的交通標誌和路牌，將不適用於快速公路上。故此當局於繞道通車前一年，成立快速公路交通標誌委員會，着手為快速公路設計新式路牌；並由艾國林爵士（Sir Colin Anderson）擔任委員會主席。曾為格域機場（Gatwick Airport）設計標識系統的祈年雅（Jock Kinneir）亦受委員會青睞，獲邀為設計提供意見。委員會同時亦邀請在斯勞的道路研究實驗室（Road Research Laboratory）協助實驗。英國政府當時向委員會簡述了快速公路的定義：

一 無平面道路交滙
二 每方向為三條行車綫之分隔道路
三 速度限制為時速七十哩（約一百一十二點五六公里）

道路字體是其中一個令港人對英國產生熟悉感的原因。（Ka Ming Ko 攝）

對於英國而言，由於快速公路是一項全新的道路規格，委員會必須針對快速公路全面制定新式交通標誌及路牌，以符合上述三項要求。

委員會首先參考了快速公路網發展成熟的幾個國家，包括美國、比利時、荷蘭及西德，培士頓繞道總工程師祝樂正爵士（Sir James Drake）亦提倡路牌格局採用德式標準。但委員會認為外國與英國本土實際情況不一，而且當時已興建快速公路的國家都是靠右行駛，與英國路面靠左行駛相反，認為不能直接將外國標準套用於英國，故委員會進行多場實驗後，最終在歐洲標準基礎上推出全新設計。委員會對公路路牌的要求為：清晰、簡潔、容易理解。最重要是讓駕駛者在高速行駛時有充足時間作出決定，故路牌尺寸偏大，兼着重設計質素，例如顏色、文字排版等。

為何路牌是藍色？

外國快速公路主要採用深色背景配搭淺色文字，實驗亦證明，比起白色底色配黑色文字，深色上的反白文字更易辨認。尤其是在夜間行車時，駕駛者注意力會集中於較光之事物上；比起留意整塊路牌，閱讀文字更為重要。

路牌設計草稿曾為黑色底色配白色字，但最後被委員會拒絕採用。原因是黑色與白色配色過份極端，令文字難以閱讀，且黑色帶有喪禮色彩。另外，紅色用作警告，剩下綠色及藍色可供選擇。

委員會留意到比利時、荷蘭、西德主要採用的藍色路牌，不論高與矮，都能在樹木草地中清晰辨認；美國採用綠色的路牌辨識度相對降低。

道路研究實驗室分別在日間與夜間進行實驗，結果顯示，最清晰的就是藍色路牌，因此，藍色路牌獲套用於快速公路上。

快速公路要用甚麼字體？

在委員會召開會議期間，祈年雅主要為路牌樣式及字體提供意見，他亦邀請助手賈慧慈（Margaret Calvert）協助設計。委員會曾經考慮直接套用美國的 Highway Gothic，不過祈年雅和賈慧慈都認為 Highway Gothic 造型太過尖銳，且缺乏美感，並不是一個好選擇。故此，他們決定自行設計一款較圓潤的字體，促成了 Transport 的誕生。

Transport 的設計元素主要參照另一款字體 Akzidenz-Grotesk，不過祈年雅在設計時並非完全搬字過紙，而是

Transport 及 Motorway 設計師祈年雅（左）和賈慧慈（右）。

Transport

London Birmingham
Aberdeen Wanchai
Causeway Bay Central
Shatin Tseung Kwan O
Tsuen Wan Kwun Tong
North Lantau Expressway
100yds 300m ½km 1 mile

Transport 為容易混淆的字母加上尾巴，提高可讀性。

a t l a t l

Transport Medium　　Helvetica Neue

比較 Transport（左）與 Helvetica（右），Transport 針對「a」、「t」、「l」均全部加上尾巴。

Birmingham Birmingham

Birmingham Birmingham

Transport Medium（上）與 Transport Heavy（下），圖右模擬黑暗環境下強光照射路牌的情況。

針對文字在駕駛者離遠高速移動時仍能清楚閱讀這一點。例如獨特的「a」、「t」和「l」的尾巴，在閱讀上，不少人都會對「細楷 L」（l）同「大楷 I」（I）產生疑惑，或需時間辨別 L 與 i。Transport 將這些容易混淆的字母加上尾巴，提高其易讀性。

針對不同色調的路牌，祈年雅為 Transport 設計出兩種粗幼號，分別為 Transport Medium 和 Transport Heavy。Transport Medium 字身較幼，適用於白色文字配藍色及綠色底色路牌，而 Transport Heavy 較粗，主要用於黑色文字配白色路牌。設計出兩種粗幼，是為了應付光暈（Halation）問題，路牌採用反光物料，在強光下鮮色部分會溢出，變相加粗字母。相反，淺色路牌用黑色字 Heavy 的原因，就是避免路牌底色蓋過字母，影響可讀性。

一九五八年 Transport 正式成為英國快速公路專用字體，並在一九六三年加以改良，用作英國本土普通道路字體。後來亦推廣至其他英國殖民地及英聯邦國家，如香港及直布羅陀等，其後更輸出冰島、愛爾蘭、希臘、葡萄牙、丹麥、意大利及西班牙等。

香港自六十年代起逐步引入 Transport 作香港路牌專用字體。但自九十年代中期轉用電腦設計路牌後，因為電腦沒有 Transport 字型，其地位曾一度被 Arial 或 Helvetica 等電腦字型取代。直至二零一零年開始，運輸署才改回使用 Transport 字體。

同時，祈年雅和賈慧慈亦為快速公路的編號設計專用字體 Motorway。正因字體只為編配快速公路幹綫編號用，所以字體只包括 A、B、M，以及數字。比起 Transport，Motorway 相對瘦長垂直，作用是為了明確區分地點和幹綫編號。因為 Motorway 並沒有引進香港，所以香港的幹綫編號與路牌一致，採用 Transport。故此，香港人或許不太熟悉 Motorway。

被批設計前衛

一九五八年，首批由艾國林委員會設計的路牌安裝在英國培士頓繞道作試驗用途，這個「充滿未來感」的設計廣受大眾好評。惟其競爭對手設計師景德利（David Kindersley）去信《泰晤士報》批評祈年雅的路牌，指路牌尺寸不必要地過大，甚至誇張地形容比房屋還要大。景德利認為路牌應依照傳統採用全大楷，而非祈年雅的大細楷混用。祈年雅及後對此作出反擊，指大細楷混合的「Birmingham」比全大

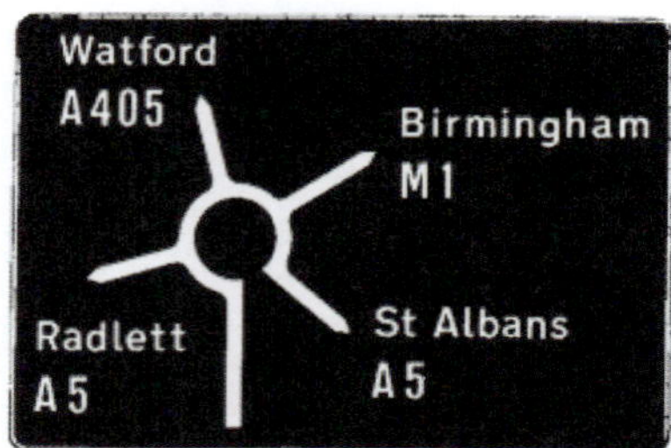

艾國林委員會設計（上）與景德利設計（下）

ABM
12345
67890

Motorway 字體只為編配快速公路幹綫用，並沒有引進香港。

楷的「BIRMINGHAM」更符合人們視覺。經過反覆實驗後，雖然發現景德利所提倡的字體的辨識度比祈年雅的「Transport」高出百分之三，但路牌之爭的勝出者，仍然屬於祈年雅，因為不少駕駛者投訴景德利式路牌欠缺美感。

大家或者對艾國林委員會所訂出的路牌標準較為陌生，不但因為香港未有採用，而且這款路牌格式只有五年歷史。艾國林委員會路牌在一九六三年，被新訂立的禾貝斯委員會路牌取代，逐漸淡出世人記憶，但卻為後來的路牌新標準奠定重要基礎。

艾國林標準一覽

旗號形狀（Flag Type）路牌

M1 Birmingham

長形（Stack Type）路牌

地圖形式（Map Type）路牌，英國培士頓繞道總工程師祝樂正爵士提倡參考西德標準，以「叉形」繪出道路出口走綫。

出口倒數提示（Count Down Marker），是少數現今仍採用的艾國林路牌。主要在主幹道出口前，設立倒數提示。分別是 300 碼、200 碼及 100 碼；香港推行公制後，則為 300 米、200 米及 100 米。

1.5 英國交通標誌改革：禾貝斯委員會

不少曾到英國旅行或是留學的朋友都會說，英國給他們一種非常熟悉的感覺。這到底是為甚麼呢？除了道路格局一樣之外，相信就是看見路牌或字體時，所產生的熟悉感。因為香港的路牌和交通標誌，一直都受英國標準影響；而英國本土現今的路牌和交通標誌系統，則是出自一九六三年禾貝斯委員會（Worboys Committee）。

檢討全國路牌及交通標誌

英國政府繼一九五八年委託艾國林委員會設計快速公路專用路牌後，再於一九六一年決定全面檢討全國路牌及交通標誌；並於同年十二月，委託工業設計局（Council of Industrial Design）主席禾貝斯爵士（Sir Walter Worboys）成立交通標誌委員會

（Traffic Signs Committee），又稱禾貝斯委員會，其中 Transport 字體之設計師祈年雅和賈慧慈亦獲委任為委員之一。委員會主要職責是審視英國路牌及交通標誌，並重新設計適合英國之新標準。禾貝斯爵士曾直指，梅培理標準完全無考慮到駕駛者的需求，設計零分，不堪入目。

與研究快速公路一樣，委員會有兩個設計方向，分別是：

一　全盤跟隨外國標準格式，即歐洲或美國標準。

二　由零開始，運用科學和數據重新設計。

委員會最終選擇後者，由零開始，運用科學和數據制定一套能配合英國本土交通及路面需求的路牌設計。然而實際上，這批根據數據而設計的路牌與歐洲標準大同小異。其中，在艾國林委員會提供實驗的道路研究實驗室，亦再被獲邀加入禾貝斯委員會。

禾貝斯格式警告標誌
（Jonathan Ho 攝）

三角形 vs 鑽石形

道路研究實驗室受禾貝斯委員會之委託，研究美國、歐洲和英國舊式標準交通標誌和路牌之辨識度。

實驗顯示，歐美警告標誌的紅色三角形及黃色鑽石形較為突出，表現勝於梅培理標準下的標誌；當中，因為黃色比紅色突出，以及鑽石形比較舒適，美式標準獲聯合國委員會推薦使用。

在標誌類型辨認測試中，黃色鑽石形可辨認距離度最高，紅色三角形緊隨其後，而梅培理標準則排最後。梅培理標準是一個紅色三角形，再於其下方設一塊白色路牌以文字及圖案標上警告事項。這種舊款複式路牌設計可讀性最低的原因，是駕駛者雖能在遠距離得知警告，但細小的文字和圖案則無法令駕駛者知道警告之內容。

而在標誌資訊辨認測試中，歐洲標準辨認距離度最高；原因是歐式標誌以圖案為主，各種不同造型的圖案既易記易認。但美式標誌卻以文字為主，由於文字需時閱讀，以及排版上都未如歐式圖案般易認，故美國標準排名第二。

郊區道路車速較高，需要及時的警告，方便駕駛者作出正確判斷。標誌設計的出發點都是回應高速易明的需求。資訊辨認度亦成為設計交通標誌首要條件，故此禾貝斯委員會根據歐洲警告標誌設計制訂一套英式標準；除在細節上作出輕微修改外，其餘跟歐式標準大致相同。

美國警告標誌（左）及《日內瓦協定》標準（右）

停車與讓路

雖然禾貝斯委員會所建議的交通標誌改革大致上都得到廣泛認同，但同時，其中兩塊建議的交通標誌卻引起爭議；就是「Stop」與「Give Way」，亦即是路牌上的「停」和「讓」。究竟爭議點何在？原因就是這兩個字詞，顛覆了當時英國駕駛者所認知的概念。

Stop 取代了過去的「Halt」，意味着英國由馬車時代進化至私家車時代，並與歐美標準看齊。Halt 一詞主要用於馬車，有暫停之意；而 Stop 則解作完全停止，表達上較為強烈。當時有評論指，對應現實交通情況，車輛在停車讓路只是暫停；如果採用 Stop 就未能完全表達 Halt 原有意思。但禾貝斯爵士解釋道，雖然 Halt 能夠表達實際交通情況，但 Stop 更能夠表達其必須停車之指令。值得一提的是，無論是 Halt 還是 Stop，香港停車標誌的路牌仍然是「停」。

至於 Give Way 則取代過去的「Slow - Major Road Ahead」，對應當時香港舊標準則是「慢車——大路在前」。舊有的交通規則並沒有明確指出「讓路」一例，只有因應次要與主要道路匯合而提示駕駛者慢駛，而 Major Road Ahead 就只能指出前面為主要道路，未有要求次要道路車輛讓路。比起舊有的 Slow，和美國的「Yield」，委員會所建議的 Give Way 更明確指出次要道路車輛應讓路予主要道路車輛。

而標誌設計方面，委員會亦分析歐美兩款停車和讓路標誌。當時報告指出美式八角形的停車標誌容易辨認，但實驗證明歐式標誌運用圓形加三角形的整體表現較佳，因而採用歐洲標準。縱使如此，英國最後在一九七五年還是轉用了美式八角形停車標誌，與世界標準看齊。

地面殘存的 Halt 字樣，攝於沙田一停車場。（Mike Yuen 攝）

《禾貝斯報告》之影響

禾貝斯委員會所制定之路牌及交通標誌設計準則，奠定了英國路牌的全新標準。簡單易明、清晰可見，富現代感的設計亦於六十年代末引入香港，及直布羅陀等英國屬土。然而，英國本土標準並不是全套適用於香港。香港引入禾貝斯式路牌後，亦作出不少改動，與英國標誌有些許分別，將於後面章節詳盡分析。

禾貝斯標準一覽

旗號形狀路牌

對比艾國林委員會的「動感叉形」路綫，禾貝斯委員會將設計拉直。

長形路牌

迴旋處路牌

禁止
單車駛入
禁止
機動車輛
駛入
禁止爬頭
禁止右轉
前面
十字路口
禁止掉頭
前面
交錯路口
停車及讓路
STOP
前面有
行人過路處
禁止
巴士駛入

1.6

日本現代化：道路公團文字

英國 Transport 字體以辨識度高，及適合於快速公路使用而聞名。香港亦在七十年代開始逐步採用 Transport 作路牌專用字體，與英國本土標準看齊。香港路牌和交通標誌在設計至製作上都需要跟隨標準，由排版至路牌大小、擺放位置等亦需嚴格遵從運輸署的設計準則。縱使 Transport 具高辨識度，但只能照顧到英文閱讀者的需要，反而同為香港官方語言的中文卻因英文優先政策，而未能受到同樣待遇。

路牌設計準則基本上只是從英國指引搬字過紙，故此只有針對英文排版的要求，並沒有詳細限制中文的字體大小、擺放位置，所以香港路牌上的中英文字比例並不一致。無論是人手製作的監獄體，或是電腦字型的全眞粗黑體，都未有經過設計和實驗，不能確保中文與英文同樣易讀，忽視了中文的辨識度。

漢字辨識度？誰在乎？

在西方，路牌字體設計主要因快速公路的需要而誕生，但對於戰後十數年的亞洲，快速公路仍然是一個嶄新概念。而日本首條高速公路——名神高速道路在一九六三年通車，與英國一樣，日本針對較高車速的高速公路，特地設計一套字體，名為「道路公團標準文字」。

道路公團標準文字，又稱公團文字、公團黑體，是由興建及營運全日本高速公路的日本道路公團所設計。為使高速公路上的路牌清晰易讀，日本道路公團強調文字辨識度的重要，其目標是要讓駕駛者在時速一百公里高速行駛下，仍可在六秒內清楚辨認距離一百至一百五十米的路牌。於是公團在設計字體時下了一些工夫，包括省略結構複雜的文字筆劃，及平均分佈各筆劃所佔空

道路公團標準文字，又稱公團文字、公團黑體，強調文字辨識度的重要。

公團文字省略結構複雜的文字筆劃。

大分
Oita
大分方面

公團文字在當時被指是錯字，得不到大眾支持。

間，以達至高辨識度之要求。

如此革新的設計，在當時卻得不到大眾支持。原因之一是大部分人都批評字體三尖八角、造型醜陋。其省略文字筆劃的做法，被指不跟隨日本漢字標準，時常被認為是錯字，更甚有「教壞細路」之嫌。

二零零五年，道路公團因民營化而分割成三個不同的公司，分別為東日本高速道路株式會社、中日本高速道路株式會社及西日本高速道路株式會社，統稱NEXCO。由於公團文字不是一套字型，且沒有整合成一個完整字庫，三間新公司每每在興建新公路或交匯處通車之際，才各自造出需要的字元，結果造成一字多樣的情況。例如「東京」、「京都」擁有超過兩個以上的寫法，後來更由不同承辦商負責補充缺字。在缺乏設計方針情況下，設計不但不協調，更降

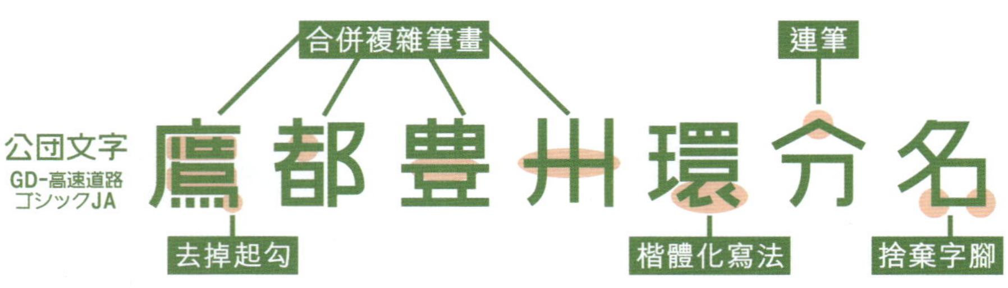

Hiragino
Kaku W5
鷹 都 豊 州 環 分 名

標準寫法 印刷體寫法

「鷹」字橫筆繁複，其中「隹」十畫簡化字五劃，「鳥」亦減少兩筆；「都」、「豊」、「州」等字都有合併複雜筆劃。（字型由 PumpCurry 提供）

「山都」、「阿蘇」：「圓體」

「益城熊本空港 IC」、「御船 IC」：「公團文字」

低路牌辨識度。

面對以上種種問題，NEXCO在二零一零年七月一日推出新標準，全面改革路牌字體；日文採用Hiragino Kaku Gothic W5字型，英文和數字則棄用Neue Haas Grotesk，分別改用Vialog Medium及Frutiger。

大眾習慣的字體辨識度更高

在二零一零年一月二十三日，即字體新標準推出前半年左右，NEXCO在靜岡縣進行路牌辨識度實驗。NEXCO邀請一百零九人（日本人九十四名、外國人十五名）在高速行駛下，閱讀舊有標準（公團文字）和建議標準（Hiragino）兩款路牌。實驗結果證明，建議的新款路牌更易閱讀。比起公團文字可於距離一百至一百五十米辨認，Hiragino在二百至三百米外仍能清晰閱讀，表現更為理想。新款路牌除了改用更易閱讀的日文字體，更改善了英文的可視性，因為在公團文字設計之時，未有顧及英文使用者之需要。

公團文字除了辨識度較新字體遜色外，減筆設計更是為人詬病，亦被認為不宜在公眾場所放置不正確的日文。在電腦大眾化之前，一般人較能分辨和閱讀異體字，故公團文字沒有理會字體寫法的對錯，只從設計角度考慮最易辨別的字體。在電腦普及後，不少人受到電腦字體的影響，文字繼而單一化，異體字逐漸消失，公團文字被更多人質疑為錯字。而實驗結果顯示，進入數碼年代後，舊有的字體設計理念開始不管用，為人所習慣使用的字體更容易辨識。公團文字經歷四十年演化，亦是時候被淘汰了。

（圖左）道路公團文字
（1963–2010）
（圖右）新 NEXCO 標準
（2010 – 現時）

使用公團文字
舊標準路牌

使用 Hiragino
文字新標準路牌

第二章

香港路牌與交通標誌

雖然香港交通標誌是在英國《禾貝斯報告》的標準上設計修改，但兩地交通標誌和路牌除了在語言文字上有分別外，在圖案、顏色、標誌設計上，亦有不少不同之處。

2.1 港英大不同

不一樣的禁止標誌

請先留意後頁的三個標誌，你看到有甚麼分別嗎？在上一章節筆者提到，無論斜綫存在與否，只要是紅色圓圈就是禁止之意——三個標誌同指「禁止機動車輛駛入」。左邊和中間為香港版本，右邊為英國版本。《日內瓦公約》並沒有規定禁止標誌必須完全統一設有紅色斜綫，而英國正是跟隨《日內瓦公約》的要求；但香港在此並無跟隨英國，而是將所有禁止標誌一律劃上紅色斜綫。

上一章曾提及，《禾貝斯報告》全部禁止標誌都有紅色斜綫。因當時禾貝斯委員會認為，應劃一規定應劃上紅色斜綫，避免混淆駕駛者。但英國時任運輸大臣馬寶昇（Ernest Marples）考慮到大部分歐洲國家都是依照《日內瓦公約》的設計，除了方向指令禁止標誌

外，其餘一律移除紅色斜綫，故此英國並無全盤採納《禾貝斯報告》的意見。

有趣的是，當時為英國殖民地的香港並沒有跟隨宗主國做法。一九七五年，香港政府根據《禾貝斯報告》改革交通標誌，決定保留所建議的紅色斜綫，與《維也納公約》新標準看齊。至於為甚麼同一個標誌，會有左右相反的斜綫呢？左邊為《禾貝斯報告》原版設計；而中間則是香港運輸署官方版本，與禾貝斯版本左右反轉，可能當時香港政府部門認為，有斜綫就可以吧，反正大家都明白；所以香港會出現有斜綫但方向不一的禁止標誌。

不一樣的圖案

港府在引入禾貝斯標準之時，把部分圖案重新設計或簡化，修改方向可分

（左起）禾貝斯標準、香港版以及英國版標誌（最右圖 Jonathan Ho 攝）

禁止標誌一覽

	《禾貝斯報告》標準	英國標準	香港標準
禁止機動車輛駛入			
禁止右轉			
禁止左轉			
禁止掉頭			
停車及讓路	 STOP	 STOP	 STOP 停
禁止巴士駛入			
禁止單車或三輪車進入			
禁止爬頭			

兩大類：設計本地化及原因不明的修改。其中，本地化的交通標誌會在後面章節詳細介紹，至於原因不明的修改是由於歷史文獻並未有記載重新設計的原因，目前只能歸類為原因不明。因原因不明而重新設計的這類圖案，主要是行人和電單車標誌。

對比英國原版，香港版本的行人標誌遭到「斬手、斬頸、斬腳」的對待，綫條比較簡約和筆直。而電單車標誌造型雖然相似，但司機除了同樣被「斬頸外」，頭盔亦被消失。

至於「前面有道路工程」標誌裏的工人終於「有手」，但細心一看，你會發現這位工人是「離地」，與鏟的水平不一致，未知是否鏟太重的緣故，導致工人「彈起」了。

行人標誌
英國（左）香港（右）

電單車標誌
英國（左）香港（右）

鬧上法庭的交通標誌

交通標誌設計必須簡潔易明、清晰易辨，不過並非所有圖案都遵從這原則，最終弄至麻煩多多。香港曾經有一起與交通標誌有關的訴訟，最後更要終審法院釐清觀點。

二零一二年，一名東涌居民踏單車時被警察截停，被票控無按交通標誌指示下車推單車。二零一四年在裁判法院被裁定罪名成立，被判罰款五百元；但他不服定罪上訴。二零一五年，高等法

英國和香港標誌對比

	英國標準	香港標準
行人止步		
前面有行人過路處		
小心兒童		
前面有道路工程		

院法官指案中的交通標誌混亂且意思含糊不清，因此裁定上訴得直，並撤銷定罪和刑罰。但律政司不服並上訴至終審法院，質疑道路使用者聲稱誤解交通標誌的意思，能否成為抗辯理由。經歷長達四年的訴訟，在二零一六年終審法院最終裁定，誤解交通標誌不能歸咎於設計難以理解，反而道路使用者有義務明白交通標誌的意思，在《道路使用者守則》早已收錄相關資訊，即使標誌令人產生誤解，也不能作為抗辯理由，因此裁定律政司上訴得直。

你理解這兩個交通標誌的含義嗎？
（Eric Li 攝）

這四個令人混淆的單車標誌，你知道它們的意思嗎？

❶

❷

❸

❹

❶為涉案交通標誌，本來意思是騎單車者必須下車推車前行，直至限制騎單車區終止。但，不少人都理解成相反意思：可以騎單車。而❷「限制騎單車區終止」更像不准騎單車之意。❶與❹的圖像亦頗為相似，分別之處就是「下車推單車」圖案多了一個行人。其實❶和❷並非英國原版設計，而是香港政府在一九九零年自行設計的標誌*；原版設計只是採用文字「Cyclist Dismount」提示騎單車者下車。相比之下，香港自家設計顯得矛盾，甚至誤導道路使用者。

英國沒有就「下車推單車」設計標誌，是因為當年《禾貝斯報告》中提到，暫時沒有一個圖案能清晰表達該指令，故直接採用文字代替至今。而香港則在文字以外，再加入自家設計的「下車推單車」標誌，結果誤導道路使用者之餘，更鬧上法庭。

右頁四個標誌的意思：

騎單車或三輪車者必須下車（涉案交通標誌）

❶

限制騎單車區終止

❷

禁止單車或三輪車進入

❸

只准單車及三輪車通行

❹

香港部分提示騎單車者下車之標誌中英並用（上圖）；英國標誌沒有圖案（下圖）。

* 根據《一九九零年第七十二號法律公告》而訂立「騎單車或三輪車者必須下車」和「限制騎單車區終止」標誌（第一百五十五和一百五十六號圖形）

2.2 路牌種類與顏色

交通標誌基本上可分成三類：警告用、指令用及資訊用，且各有代表形狀，方便駕駛者分辨。除了三角形只限於紅色外，圓形和長方形均有不同顏色版本。為增強駕駛者警覺性和減低危險，只有兩款交通標誌不符合上述三類形狀與顏色原則——讓路和停車標誌。

路牌正式名稱為「方向標誌」，為駕駛者提供導航及地點資訊。路牌主要分作四類，包括：旗形路牌、長形路牌、地圖路牌及架空路牌。

長方形：資訊

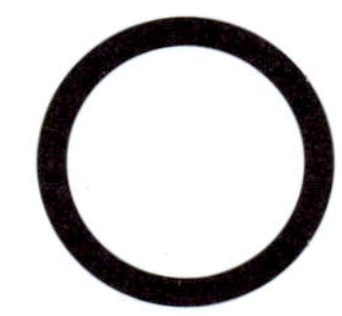

圓形：指令

三角形：警告

藍色圓形為命令標誌，指令駕駛者跟從指示，例如：左轉、單車徑。

紅色圓圈加斜綫為禁止標誌，例如禁止左轉、禁止貨車進入等。

紅色圓圈為限制標誌，例如速度限制、長度限制、高度限制等。

停車標誌

讓路

❸

❷

❶

① 旗形路牌 (Flag-type sign)

旗形路牌造型像一塊旗幟，以V形指示左、右方向。通常會在分岔路口、出口支路前出現，為最後預告方向的標誌。

② 長形路牌 (Stack-type Sign/Rectangular Sign)

長形路牌造型為長方形，以箭咀的角度表達方向。與旗形路牌性質一樣，但長形路牌不限於單層，可設多層資訊。

(Ching Yin Yau 攝)

(Pak Hin Law 攝)

❸

③ 地圖路牌 (Map-type Sign)

地圖路牌造型主要為長方形，以綫條表達前面道路方向，而粗幼代表道路的重要程度。通常設置在路口前一段距離，提示駕駛者前面路況，例如出口支路、迴旋處及路口等。

❹

④ 架空路牌 (Overhead Sign)

架空路牌主要為長方形，以箭咀表示行車綫所通往之目的地，並提醒駕駛者及早選定行車綫。比起其他路牌，架空路牌更容易被察覺，適用於繁忙或多條行車綫之道路上。

(Pak Hin Law 攝)

顏色由來——藍綠之爭

路牌顏色代表不同意思。例如英國就目的地指示牌可分為七種顏色，快速公路（Motorway）為藍色路牌、主要道路（Primary Road）為綠色路牌、次要道路為白色路牌配黑邊、區內地方為白色路牌配藍邊等等。或許你會發現一個有趣現象，香港快速公路為綠色路牌，而主要道路就是藍色路牌，與英國標準剛好相反。

一九五八年，經過一連串實驗，《艾國林報告》建議快速公路使用藍色路牌。到了一九六三年，《禾貝斯報告》就建議快速公路以外的主要道路採用綠色路牌，亦就次要道路及區內地方等制訂相應顏色。香港在六十年代起引入禾貝斯式路牌，與英國新標準靠攏，不過當時港府並沒有沿用其顏色定義，方向指示牌一律採用藍色路牌，主要是當時香港還未有快速公路和幹綫道路。

一九九一年，港府正式定義快速公路。而當時快速公路與普通道路一樣，仍然使用藍色路牌；唯一不同就是路牌上加上快速公路標誌。運輸署在一九九四年修改路牌設計守則，引入綠色路牌並用於快速公路上。當時在屯門公路及粉嶺公路幾個出入口安裝綠色路牌作試驗；直至一九九七年，綠色路牌正式為快速公路專用。到底運輸署為何不跟從英國，將普通道路改為綠色路牌，保留快速公路為藍色路牌？運輸署並沒有官方答案，但相信主要是當時普通道路路牌數量遠遠超出快速公路，更改快速公路路牌較符合成本效益。

顏色由來——白色路牌

路牌除了藍色、綠色之外，其實

	英國	香港
快速公路	East Kilbride 7 M77	Butterfly Beach 蝴蝶灣 9
主要道路	Southampton Winchester A 31	North Point 北角 4 
區內地方	Blairgowie A 93 Copar Angus A 94	Magazine Gap Rd 馬己仙峽道
區內地方（舊）	Glenglass 5 Assynt 1½	Yuen Long Theatre 元朗劇院
臨時標誌	M1 Diverted traffic	Diverted traffic 交通改道
旅遊景點	Tourist information i	Ocean Park 海洋公園 
貨車建議路綫	Industrial estate	

註：以上僅為顏色示意圖，並非路牌實際排版情況。

還有一款白色，不過即使打開《道路使用者守則》也找不到答案，白色路牌用於次要道路，及區內地方之指示。換言之，當看到白色路牌時，目的地就在你附近。需要釐清的是，這裏指的不是街道路牌，而是白底色的方向指示牌。

許多人以為白色路牌是近年產物，其實是當局過往沒有清楚定義顏色用途，以致街上清一色都是藍色路牌。而白色路牌共有兩款：白底黑邊、白底藍邊。在《禾貝斯報告》中，前者代表次要道路，後者代表區內地方或停車場。不過由於兩款路牌的定義複雜，最後英國與香港分別於一九九四和二零零零年廢除白色藍邊路牌，全面由白色黑邊取代。運輸署是自千禧年開始執行顏色定義，故此近年多種顏色的路牌越來越常見。

顏色由來——黃色路牌

黃色路牌主要用於臨時交通措施，例如因緊急事故或道路工程而須封閉道路。黃色路牌作用是提醒駕駛者路況有變，並指示前往目的地的替代路綫。雖說是臨時措施，不過運輸署亦曾濫用黃色路牌，例如十幾年前因應青沙公路通車而設的臨時路牌，至今仍然屹立不倒，變成「永久臨時」。

顏色由來——黑與啡

在英國還有一款黑色的路牌，正式稱呼是「貨車建議路綫」路牌；然而香港並無引入。例如部分路段不適合貨車行駛，就需要設置黑色路牌，指引貨車改道行駛。雖然《禾貝斯報告》曾提到不建議採用令人聯想到喪禮的黑色路牌；但後來英國當局推出貨車建議路

當局錯誤使用黃色路牌例子，屹立超過十年的「永久臨時」路牌。
(Pak Hin Law 攝)

青嶼幹綫強風措施下，路牌由綠色改作黃色臨時標誌。

香港自 2019 年尾引入啡色路牌，與國際標準看齊。

綫，在沒有其他顏色可用情況下，只好採用易辨性甚高的黑色。

二零一九年底，香港路牌顏色增添了一位成員，就是代表旅遊景點的啡色路牌。早於七十年代，法國設計了用於旅遊景點、歷史建築等的啡色路牌。後來英國、中國、澳洲等地亦有採納。啡色路牌主要定義：指向特定旅遊目的地、具有特殊主題的渡假路綫、預告附近的景點或城鎮。稍後章節將會詳細介紹香港新設的啡色路牌。

僑福規則——一牌多色

相信大家閱讀上文後，大致了解路牌顏色定義：看到綠色就知道是快速公路，藍色就是主要道路等。不過你們又有否見過，多種顏色並存的路牌呢？當然不是因為製作人員上色時缺乏藍色，而補上其他顏色。例如藍底路牌上印有

綠色和白色的方塊，即是代表目前路段為主要道路，前面有道路通往快速公路和區內地方。這種情況，我們稱之為「僑福規則」（Guildford Rules）。

僑福規則，即是多種顏色並存的路牌。最早在一九八七年於英國僑福出現，最後在一九九四年正式納入標準。僑福規則主要是改善路牌標示，除了加上不同顏色以作區別外，亦加入路口名稱等。

英國常見的僑福規則路牌。（Ka Ming Ko 攝）

香港僑福規則路牌，圖中原為全藍色的舊路牌，而上面的綠色「膏藥」為 1997 年後貼上的快速公路綠色標誌。
（Chi Hin Yuen 攝）

2.3
路牌字體演變史

眾所周知，大部分交通標誌和路牌都是由懲教署生產；在電腦出現之前，路牌字體均是由在囚人士人手製作而成，故又被稱為「監獄體」。關於監獄體，將會在第五章詳細記載；本章節主要講述監獄體停產後，香港路牌字體的演變歷史。

監獄體　全真粗黑體　Arial Narrow
Transport Medium　Helvetica Regular

Yuen Long
元朗
Kam Tin
錦田
Tin Shui Wai
天水圍
Pat Heung
八鄉
Kowloon
九龍

這塊原本是一塊監獄體路牌，但貼上多個不同字體的膏藥。透過字體，我們可以得知該膏藥是於何時貼上。

監獄體停產後，香港路牌的字體出現了不同的變化及配搭。

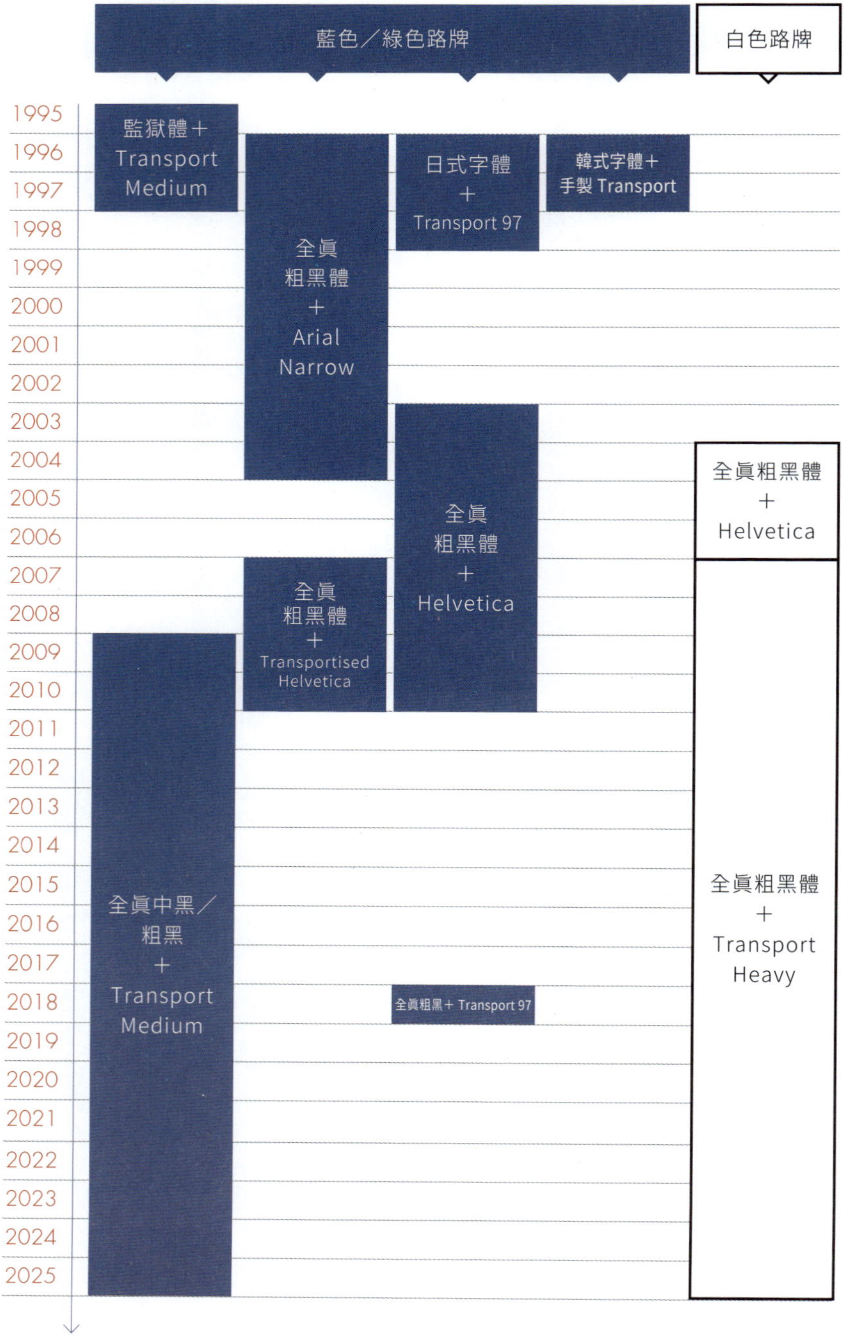

藍色／綠色路牌

白色路牌

1995
1996
1997
1998
1999
2000
2001
2002
2003
2004
2005
2006
2007
2008
2009
2010
2011
2012
2013
2014
2015
2016
2017
2018
2019
2020
2021
2022
2023
2024
2025

監獄體＋Transport Medium

全真粗黑體＋Arial Narrow

日式字體＋Transport 97

韓式字體＋手製 Transport

全真粗黑體＋Helvetica

全真粗黑體＋Transportised Helvetica

全真中黑／粗黑＋Transport Medium

全真粗黑＋Transport 97

全真粗黑體＋Helvetica

全真粗黑體＋Transport Heavy

一九九七年四月，人手製作而成的監獄體正式停產，全面由電腦字體製作的路牌取代。但其實早於一九九六年，香港已逐漸出現試驗性質的電腦字體路牌。根據運輸署出版的《運輸策劃及設計手冊》（Transport Planning & Design Manual，簡稱 TPDM）中提到路牌標準字體，英文為 Transport、中文為「全真字庫（港人版）—粗黑」（通稱全眞粗黑體）。

電腦字體初嘗試——手製 Transport／韓式字體

生產年份：估計 1996—1997
出現地區：何文田、屯門、粉嶺

九十年代中期，當局正試驗路牌製作電腦化，因此同一段時期除了監獄體

之外，還同時生產數款字體的路牌。而在一九九六年至一九九七年間，曾經出現一批「韓式電腦字體」路牌，而英文就維持人手製作的「Transport」字體。透過中文部分可以觀察到寫法偏向韓國漢字，與當時的監獄體寫法有出入。至於這套韓式字體到底是何方神聖，目前尚未有定論。

由於該批路牌英文部分仍然需要人手製作，工序未能完全電腦化。不久後就停產，由全電腦字體的路牌取代。

手製 Transport／韓式字體

機場核心計劃 CAD 字體——Transport '97／日式字體

生產年份：1996—1998
出現地區：機場核心計劃（包括：西九龍填海區、北大嶼山快速公路、三號幹綫郊野公園段一帶）

九十年代香港政府推動機場核心計劃，包括新機場建設、中環及西九龍進行大規模填海、興建三號幹綫、青衣至大嶼山幹綫等。由於北大嶼山快速公路、青朗公路、西九龍一帶道路通車之時，監獄體路牌經已停產，故不會找到監獄體的蹤跡；但反而找到不少早期電腦字體的路牌——「Transport '97 配日式字體」。

而這套 Transport 字體並非人手剘字而成，每隻字母都非常工整。然而其間距頗為飄忽，一時闊、一時窄；

Kowloon　Mong Kok　Yuen Long

Kowloon　Mong Kok　Yuen Long

Transport '97（左）與 Transport Medium（右）的分別

大部分 Transport '97 路牌位於機場核心計劃所興建的道路，見證九十年代末的發展。中文字寫法偏向日式（如「痲」、「港」等），與現時標準有出入。

我們推斷是利用 CAD 軟件繪製的曲綫字母，而非電腦字體。由於這批字體風格大多數於一九九七至九八年間出現，故被稱為「Transport '97」。Transport '97 的特點是大楷字母較粗、細楷字母較幼，而部分字母的轉角位被拉直、圓角化（例如 a、g、l）

該批 Transport '97 路牌配搭的中文字體寫法偏向日本漢字，例如「麻」、「港」等；與現行標準的全眞粗黑體寫法和風格有出入。經過觀察發現，有兩款一模一樣的電腦字型，分別名為「雅坊書法大師粗黑體」和「漢鼎粗黑」，與路牌上的日式字體寫法一樣。至於為何有兩套一模一樣的字型，相信是早期電腦興起年代，版權意識薄弱，出產了不少東抄西拼的字型。至於誰是正版，至今亦無從稽考。

路牌設計崩壞開端——Arial Narrow Bold／全眞粗黑體

生產年份：1996—2004
出現地區：全港各地

「Arial Narrow Bold 配全眞粗黑」可說是主權移交初期最常見的路牌字體組合，其實早於一九九六年開始經已出現，與監獄體生產時期重疊約有一年時間。香港自六十年代經已使用 Transport 為路牌專用字體，到底為何到了九十年代變成了 Arial Narrow 呢？相關原因已不可考，很大機會是因為當時電腦並沒有 Transport 字體，故採用了電腦預設的 Arial 字體。Arial 路牌可說是香港路牌設計崩壞的開端：沒有依照字體標準、沒有考慮排版問題；而採用 Arial 字體路牌約二零零四年停產；被 Helvetica Regular 字體取代。

① 這塊位於元朗的路牌，正是「Arial Narrow Bold 配全眞粗黑體」。透過路牌的顏色、字體、幹綫編號，印證了九十年代末至千禧初期的路牌演變歷史。

② 上面「九龍」路牌約於 1996 – 1998 年間安裝，因為當時快速公路仍然採用藍色路牌。

③ 下面「元朗」路牌約於 1998 – 2003 年間安裝；因為自 1998 年起，快速公路路牌改用綠色底色。

④ 兩塊路牌均標上「二號幹綫」，原二號幹綫經已於 2004 年重組為新九號幹綫。幹綫號碼顏色為路牌的底色（即綠色或藍色），幹綫重組後經已改用黑色字。

瑞士風格——Helvetica Regular／全眞粗黑體

生產年份：2003—2010
出現地區：全港各地

二零零三年起，新製路牌的英文字體開始改用 Helvetica Regular 的路牌，最後於二零零四年全面取代 Arial Narrow，成為全眞粗黑的新拍檔。儘管 Helvetica Regular 依然不符合路牌標準，但可讀性及美觀程度略高於 Arial Narrow。

採用 Helvetica Regular 的路牌，能看出英文比中文幼身。

中期修正——Transportised Helvetica／全真粗黑體

生產年份：2007—2010
出現地區：全港各地

在前面章節提及過設計師在設計 Transport 時，考慮到高速移動時的可讀性及辨性度，為免駕駛者混淆「I」（大楷 i）與「l」（細楷 L），從而為「l」（細楷 L）加上尾巴以作分辨。然而 Helvetica 兩個字母近乎一模一樣，細心留意亦未必可以清楚分辨，只能依靠前文後理去推測；更何況高速移動下時閱讀呢？故此採用 Helvetica 作路牌字體，違背了英式路牌的設計初衷。

未知當局是否留意到這個問題，在二零零七年起陸續出現「Transportised Helvetica」，刻意將 Helvetica 直綫的「l」改成偏向 Transport 加上尾巴的寫法。由於 Transportised Helvetica 與 Helvetica 最大分別只有「l」字，要辨認兩者只能靠路牌上的「l」字。

中環。Transportised Helvetica 的特點就是英文字母 l 改成 Transport 加上尾巴的寫法。

Transportised Helvetica 路牌在沙田。

Helvetica	Helvetica
Kowloon (W)	Kowloon (W)
Nelson Street	Nelson Street

Transportised Helvetica（左）與 Helvetica（右）的分別。

修正可讀性問題——Transport Heavy／全真粗黑

生產年份：2007—現今
出現地區：全港各地

千禧初期，運輸署就道路設計發表改善建議，包括重組主要幹綫、加入出口編號、改善路牌設計等，其中一環就是引入代表「區內地方」的白底黑框路牌。

在前面章節亦曾提及過，採用反光物料的路牌在強光下白色部分會溢出。假若是藍底白字的路牌，白色字會因強光而變粗。但白底黑字情況下，若果字體太幼會令白色路牌的底色蓋過黑色文字；簡單而言，夜晚就近乎看不到文字。

二零零三年「區內地方」路牌推出，當時採用 Helvetica Regular 為路牌字體；黑色幼身文字在白色底色下，顯然在夜間造成閱讀困難。為了改善辨識度問題，自二零零七年起，香港路牌「局部重回 Transport 的懷抱」；白色路牌改用辨識度較高的 Transport Heavy。但藍底、綠底路牌的白色文字，依舊沿用 Helvetcia Regular。在一些僑福規則的路牌，形成了兩套字體混用的有趣現象。

香港首批採用 Transport Heavy 的區內地方路牌。

位於元朗紅毛橋的僑福規則路牌。區內地方「Pok Wai」和「Sha Po」改用標準字體 Transport Heavy，惟主要道路目的地「Sheung Shui」仍然採用 Helvetica Regular。

重回正軌——Transport／全眞中黑體／全眞粗黑體

生產年份：2009—現今
出現地區：全港各地

約二零零九年開始，新製路牌陸續恢復使用 Transport 為英文字體。例如在屯門公路和吐露港公路改善工程中，將舊有採用 Arial Narrow 或 Helvetica 等不合規格的路牌更換成 Transport 字體；是近年難得一見依足標準設計的典範路牌。

Transport 在設計時，為了應付光暈問題而分成 Medium 及 Heavy 兩款字重；較幼的 Medium 用於深色路牌的白色文字，較粗的 Heavy 則用於淺色路牌的黑色文字。然而在香港長期「重英輕中」的情況下，當局沒有就中文制

位於堅拿道天橋的 Arial Narrow 架空路牌，最右邊部分被更換成 Transport 字體。

訂應付光暈的粗幼標準，而是劃一使用全眞粗黑體。

二零一零年起，有部分藍色和綠色底的路牌改用較幼的全眞中黑體，而白色和黃色底就沿用較粗的全眞粗黑體；與英文的粗幼標準看齊，使到設計變得一致，視覺效果更佳。但由於目前運輸署標準仍未將全眞中黑體納入標準，故現時藍色和綠色新製路牌一時使用中黑，一時使用粗黑。

屯門公路和吐露港公路改善工程的產物，是近年難得一見的優良設計路牌。中文部分改用較幼的全眞中黑體，然而出口編號錯誤使用 Transport Heavy。

2.4 路牌設計入門課

有別於以圖案為主的警告、指令標誌等交通標誌，路牌（方向標誌）則是以文字為最主要元素；因此路牌上的文字必須是高易辨性，Transport 正是經過科學實驗且兼顧美觀的路牌字體。目前香港路牌設計標準與英國一樣，以《禾貝斯報告》為根基。

路牌設計常見的單位

Stroke width

Stroke width（簡稱 s/w、sw），顧名思義是筆劃的闊度，是路牌設計極為常用的單位。根據香港及英國標準，Transport Medium 大楷一的闊度就等於 1 s/w。

每個英文字母方塊高度為 8 s/w，而 x-height 是指基綫與主綫之間的距離。

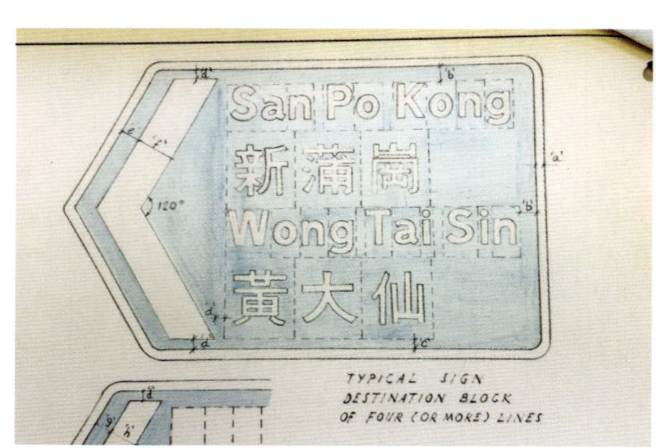

七十年代的手繪路牌圖則，利用「文字方塊」組合而成。

x-height

x-height（中文又稱 x 字高），是字體設計中常用到的概念。是指基綫（Baseline）與主綫（Mean line）之間的距離，簡單而言就是細楷 x 的高度，因此被稱為 x-height；而 Transport Medium 的 x-height 就等於 4 s/w。

根據《運輸策劃及設計手冊》（Transport Planning & Design Manual，下稱 TPDM），x-height 換算毫米的數值是跟隨速度限制而定，速度越快，x-height 相應越高。例如限速五十公里的道路，x-height 為七十五毫米；限速一百公里的道路，x-height 為二百五十毫米。

x-height
50 mm

Kowloon
九龍

30 50

x-height
75 mm

50 70

x-height
100 mm

Kowloon
九龍

70 80

x-height
150 mm

50 70

x-height
200 mm

Kowloon
九龍

80 100

110

x-height
250 mm

以路邊路牌為例，路牌大小按道路速限而定。

文字方塊

香港路牌設計深受英國影響，最早期甚至幾乎是「搬字過紙」照抄英國的設計規則。當中有一個有趣但容易被忽略的設計細節——文字方塊。

所謂「文字方塊」，就是將每個英文字母或中文字獨立放入一個字框中，然後一格一格地拼起來。這樣就像砌圖或活字印刷一樣，將不同的文字拼成一個地名。每個字母和中文字都被放入自己的格子中，組成整齊一致的排列。這種設計有一個明顯好處：毋須煩惱字與字之間應該留幾多距離。因為每個文字已經被框定，只要將字框緊貼擺放，整體就自然對齊，達到一致性。

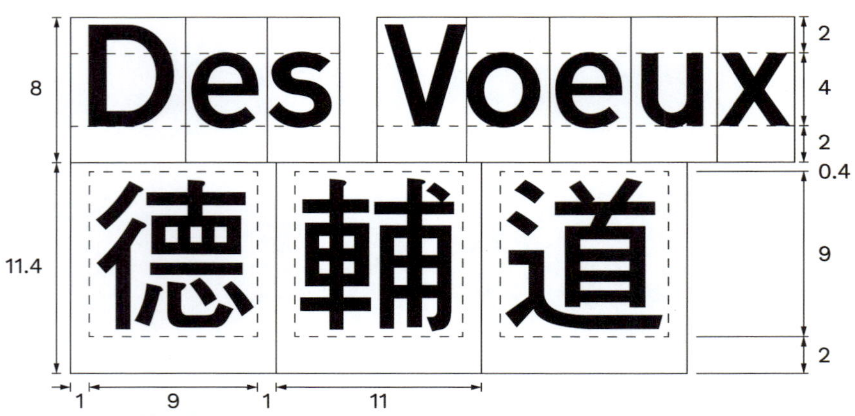

英文字母的字框高度為 8 s/w，中文字框高度則為 11.4 s/w。

Fanling
粉嶺

路牌設計採用「文字方塊」概念，將其緊貼擺放就能自然對齊。

英文字母字距調整

但設計英文地名時，又有另一個要處理的課題——Kerning（字距調整）。Kerning 是調整字母與字母之間的視覺間距。以「Tuen」為例，你會發現T和u看起來好像隔得有點遠；這是因為T的右下部分留白、而u是細楷，兩個字母按照原有的闊度會造成視覺上的空隙。因此，一些細楷字母設有窄身版本字框。以u為例，如果對上一個字母是T、W、Y、V，就需要採用窄身版本。

如果你細心觀察一下英文字框，會發現好像有一些奇怪的空白區域。以大楷「Y」為例，下面完全留空，這到底是為甚麼呢？首先要在此解釋兩個排版設計上的辭彙——升部（ascender）、降部（descender）；前者是指高於主綫的筆劃，例如b、d、f、h、k等字母的上半部，而後者就是低於基綫

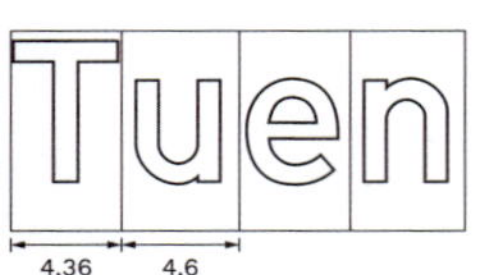

Tuen Mun

Tuen Mun

原始字框（上）及窄身字框（下），可以留意 T 和 u 之間的空間有所不同。

的筆劃，比如g、j、p、q、y等細楷字母向下延伸的筆劃。而由於英文字框需要同時容納升部及降部，所以一些沒有降部的字母看起來就好像升起了、或者造成下面留空的錯覺。

不過正正是因為字母字框包含了降部，如果實際排版時單純地將字母垂直置中對齊，就會因為視覺錯覺，令字母看似升起。有見及此，英國路牌設計規則特別規定了路牌邊距（margin）的處理方式：左、上、右的邊距留空為2.5 s/w，至於下面的邊距特別縮減為1.5 s/w，用以抵消降部造成的視覺錯覺。

雙語混排大亂鬥

香港路牌一直沿用「上英下中」的設計慣例，但多年來都有雙語混排的問題。以圖中路牌為例，標示了兩組地名——「Aberdeen 香港仔」及

2.5 s/w
1.5 s/w

Yuen Long

按照英國標準設計，為了微調文字的垂直而將字框下沉，否則文字會顯得過高。

「Pok Fu Lam 薄扶林」。在視覺上，「香港仔」明顯更接近下面的「Pok Fu Lam」；而真正相應的「Aberdeen」反而距離更遠。這種排列方法容易產生誤會，乍看之下甚至可能讓人以為「香港仔」的英文是「Pok Fu Lam」。即使一般駕駛者只會閱讀單一語言，但以視覺設計角度而言，這種混亂排版並不美觀，亦會影響傳遞資訊的準確性。

造成此等混亂局面，是因為舊版 TPDM 設計中文字框時，直接照搬英文字框的邏輯。漢字是一種方塊文字，沒有拉丁字母的升部、降部等概念，但工務司署在七十年代引入禾貝斯式路牌時，未有清晰理解設計原意，就將英文字框的概念套用到中文字框之中，結果令中文字的上面空間過多。一直以來，凡是出現兩組或以上地名時，幾乎都會面臨此問題，令整個排版看起來略為怪

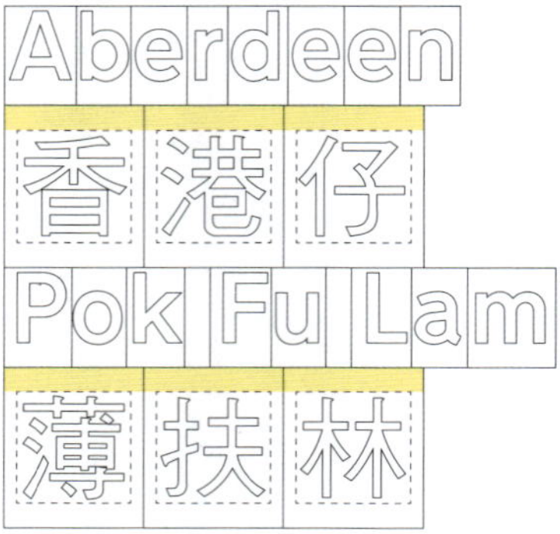

Aberdeen
香港仔
Pok Fu Lam
薄扶林

Aberdeen
香港仔
Pok Fu Lam
薄扶林

舊有 TPDM 標準，中文字框照抄拉丁字母的「升部」與「降部」概念，以至「香港仔」與「Aberdeen」距離太遠，反而英文名與下一組地名更近。

異；尤其是千禧年代前後曾誤用 Arial Narrow 的路牌上，排版問題更為突出。

上述排版問題其實早於監獄體年代經已出現，但由於當時是全人手製造；故相對較多走盞位，囚友製作時亦會稍為調整位置。可惜轉用電腦排版後，一律跟足電腦顯示的數值；雖然能依足指引，卻忽略了實際上的視覺效果。

我們在本書舊版中亦曾指出上述雙語混排的設計問題，並提出了相關改善建議。值得一讚的是，運輸署已正視此問題，並在二零二二年更新 TPDM 時修訂此設計缺陷。新版 TPDM 將中文字框的「升部」空間由原先的 2 s/w 大幅減少到 0.4 s/w；令中文與之相應的英文地名視覺上更加貼近，改善了雙語混排的整體美觀與清晰度。

二零二二年新修訂的標準下，將中文字框的「升部」由 2 s/w 減少至 0.4 s/w，從而改善英中排版問題。

文字與標誌都沉降？

剛才提到，因為英文字框包含降部的空間，因此在設計純文字路牌時，下面的邊距比起左、上、右較窄。不過，如果路牌內容是圖案或符號，則必須保持上下垂直置中，即上下邊距皆為 2.5 s/w，以維持視覺平衡。

英國路牌設計規則亦明確指出，只

沉降的綠色方塊。

醫院標誌向下沉。

有字框需要採用「下沉調整」，而箭咀、圖案、僑福規則方塊、出口編號方塊等其他圖案，則毋須下沉，上下左右均需預留 2.5 s/w。

然而，TPDM 編者似乎誤解了這個設計原則，錯誤地將字框的下沉規則，應用到其他圖案及符號上，造成這些標誌下面邊距僅得 1.5 s/w，視覺上顯得「下沉」且不協調。

儘管標誌沉降並不影響實際功能，但在美學上有欠工整。值得一提的是，相關部門近年經已逐漸意識到此問題，例如部分新製作的醫院路牌，急症室標誌已經改用垂直置中。然而，TPDM 仍未修正此問題，僑福規則方塊、出口編號等仍然按照下沉設計，此為仍需改善之處。

路牌格式

無論是長形、旗形、地圖、架空路牌，其邊框粗度一律為 1.5 s/w；不過如果是多於一層的長形路牌，層與層之間的間距為 1 s/w。另外，因為英式路牌均是採用圓角設計，內角半徑為 1.5 s/w，外角半徑則為 3 s/w。為了保持視覺平衡，字框需要採用「下沉調整」，上面邊距為 2.5 s/w，下面邊距為 1.5 s/w；不過箭咀等圖案就需要垂直置中。

在眾多款式之中，旗形路牌可說是頗難繪製的一款格式。主要原因是V形箭咀以 60 度斜角為準。按照英國標準，V形箭咀的闊度會隨住路牌大小而加闊。而香港標準僅有兩款闊度，窄版適用於單一地名，闊版適用於兩個或以上的地名。

在地圖路牌中，綫條代表道路的走

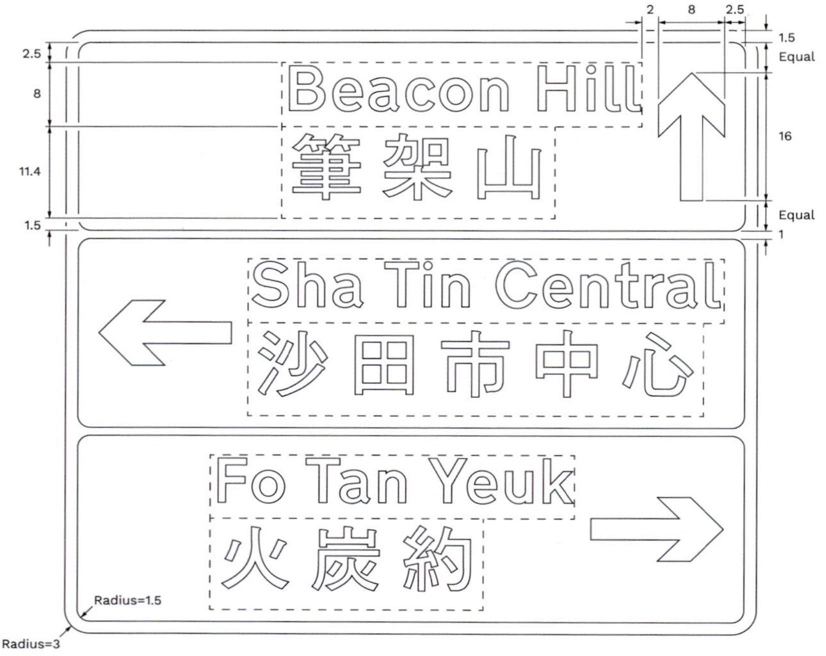

長形路牌的排版指引（單位為 s/w）

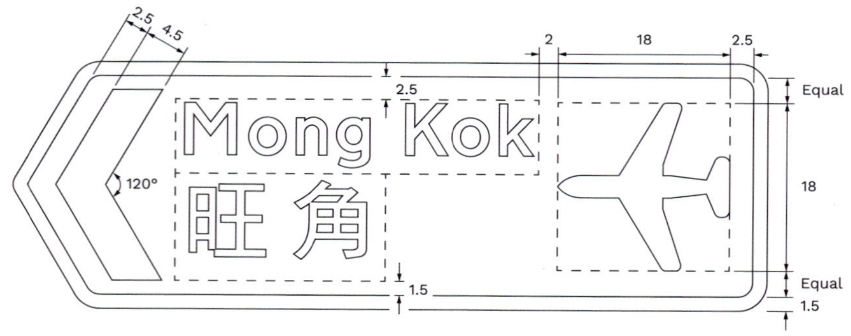

旗形路牌的排版指引（單位為 s/w）

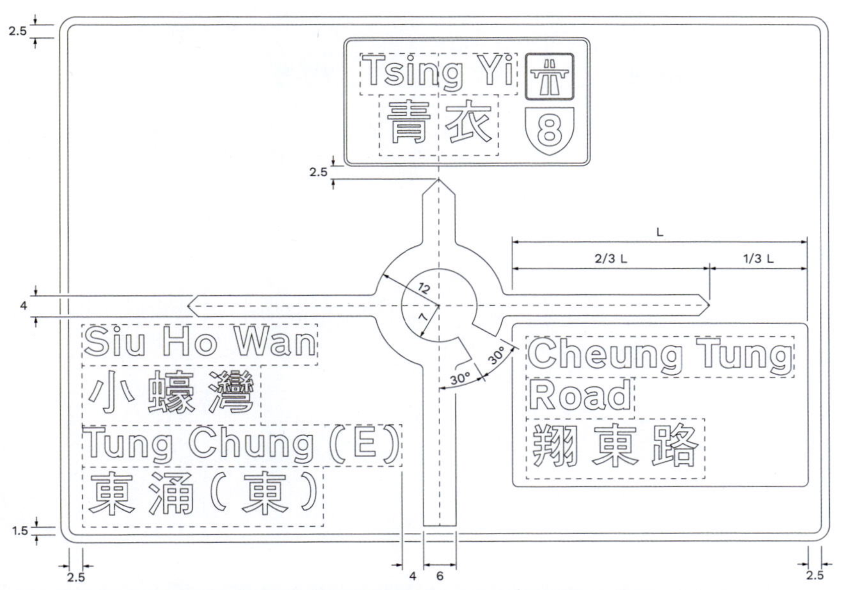

地圖路牌的排版指引（單位為 s/w）

綫，其粗幼則反映該道路的重要程度。一般而言，主要道路的闊度為 6 s/w，次要道路則為 4 s/w。值得一提的是，迴旋處路牌的綫條由中心點起計，至少長 24 s/w，而橫向綫條的長度會隨住地名長短而變，為地名方塊（圖中 L 值）的三分之二。但近年的路牌基本上直接利用模版複製再貼上，未有按照標準調整綫條粗幼及長度，導致出現懸浮不平衡的情況。

路牌設計的步驟

以沐縉街與承啓道交界的迴旋處為例，設計地圖路牌的步驟如下：

第一步：放置底牌及模板
先放置底牌，設定邊框粗度以及角度半徑，再放置迴旋處的模版。

第二步：修正綫條粗幼
由於所在的沐縉街為次要道路，前面交滙的承啓道為主要道路，故需調整綫條粗幼。横向的承啓道闊度改為 6 s/w，直向的沐縉街改為 4 s/w。

第三步：放置文字
加入文字方塊，放置於綫條之下。如有需要，遷就文字方塊以調整路牌外框。

第四步：修正綫條長度

路牌外框定型後，再修正綫條長度。所在道路的直向綫條需要拉至底部，距離內框 1.5 s/w。左右走向的綫條長度應為地名方塊的三分之二，但需要注意綫條長度由中心起計不應少於 24 s/w。

第五步：修正路牌尺寸大小

如沒有足夠空間安裝路牌，應盡量調整排版而非直接縮小文字，因為文字大小與速度限制掛勾。可以將文字分行以縮短路牌闊度，並需要重新修正外框大小。

2.5 路牌易讀問題研議

自七十年代，香港逐步引入禾貝斯標準的路牌設計，取代早期缺乏詳盡規則、僅供參考的梅培理標準。禾貝斯標準擁有清晰而詳盡的設計規則，所要求的行距、字距等細節沿用至今。然而，正如前文所述，工務司署在七十年代引入禾貝斯標準時，未能充分理解背後的設計原理，錯誤地將中文字框直接套用英文字框的概念，以致行距及版面出現視覺問題。所幸的是，運輸署於二零二二年大幅更新 TPDM，修正上述中文字框的行距問題。

不過，香港的路牌設計仍不時成為公眾詬病的對象，包括亂用字體、排版混亂、資訊過多等等。部分問題源自畫則人員未能充分理解 TPDM 的指引，單純依照前人經驗隨意繪製；有時候就將問題歸咎於「上手都係咁樣做」，缺乏變通。

屯赤隧道入口附近曾出現將飛機標誌旋轉 180 度的「墜機路牌」。英國標準規定飛機標誌應跟隨箭咀方向旋轉，但不可低於水平綫。偏偏香港 TPDM 當時編訂時遺留了不可低於水平綫的規定，以致出現「墜機路牌」的鬧劇。

其實運輸署在 TPDM 中強調設計標準只是一個框架，由於指引無法涵蓋所有情況，設計者需運用專業判斷靈活變通，以適應不同實際情況。換言之，設計者不應盲目跟從指引，應視實際情況及使用者體驗作出適合調整。

過去幾年，本社於社交媒體曾多次評論路牌設計問題，其中包括一些明顯違反 TPDM 的錯誤設計，亦有一些符合 TPDM 但仍然令駕駛者感到混亂或不便的設計。背後可能是因為設計或批核人員忽略了實際駕駛者的視覺和認知體驗。

本章節將深入探討香港路牌設計常見問題，並提出改善建議。當中包括一些明顯違反 TPDM 的設計錯誤，以及一些雖未違反規則，但仍然值得改善的案例。

文悅古典明朝體——路牌美學崩壞

二零二三年底，路政署為了「注入較為濃厚的文化氣息」，在中環、荃灣、大圍三地推出「特色街名牌」，棄用沿用多年的 Transport 及全真粗黑體，改用「文悅古典明朝體」。消息一出隨即引發公眾熱議，但無阻政府換牌的決心。而新路牌實際面世後，網絡上的負面評價接踵而來。

值得注意的是，街道路牌不屬運輸署 TPDM 的規管範圍，因此實際上不存在違反 TPDM 的問題。但這是否意味着街道路牌就可以隨意更換字體呢？街道路牌原先採用 Transport 及全真粗黑體，與一般路牌保持一致，方便駕駛者辨認。而街道路牌安裝在街頭街尾，具備兩面指示，一邊面向行人路、一邊面向馬路；在路口時亦供駕駛者辨認。

二零二三年底，路政署在中環、荃灣、大圍三地引入的新款「文悅古典明朝體」街道路牌。

原有的 Transport 字體清晰而易於遠距離辨認，即使在高速行駛時，駕駛者仍可透過字形輪廓快速理解文字內容。相對而言，文悅古典明朝體作為藝術字體，卻在辨識度方面明顯不足。例如字母 a、o、e 等在遠距離時極易混淆。此外，其字體綫條較幼，配合反光物料時所產生光暈效果，令字體看起來更加幼，進一步降低辨識度。

行人或許可以駐足欣賞街道路牌的藝術美感；但就駕駛者而言，每用多一秒確認路牌內容，都可能輕則阻塞交通，重則引發交通意外。所以面向路牌的路牌不應隨意更換字體，且要經過反覆實驗，確保路牌適合所有人士觀看。

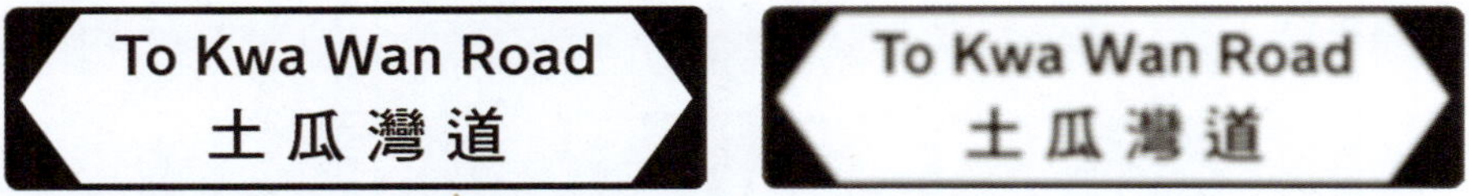
To Kwa Wan Road
土瓜灣道
To Kwa Wan Road
土瓜灣道

全眞粗黑體（上）與文悅古典明朝體（下），左側圖均為正常模樣，右側圖則是模擬黑暗環境下強光照射街道路牌的情況。文悅古典明朝體的字母 a、o 字型上太過近似，不利遠距離及夜光閱讀。

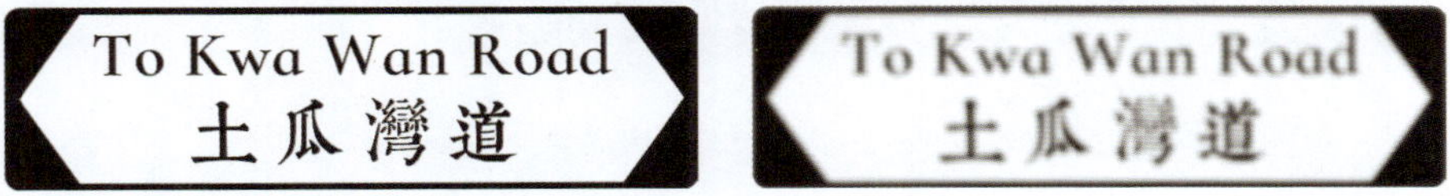
To Kwa Wan Road
土瓜灣道
To Kwa Wan Road
土瓜灣道

架空路牌的雙語排版混亂——英中英中 vs 英英中中

如果你有留意香港的路邊路牌，通常採用「英中英中」排法，以語言為自然分隔，令駕駛者更易辨識目的地。然而，當駛至快速公路或多綫道路時，就會見到一些架空路牌改用「英英中中」排法，即所有英文地名集中在上方，中文地名則集中在下方。但若細心觀察，同一條快速公路上，竟然同時出現「英英中中」和「英中英中」的架空路牌；到底為甚麼會出現這種不一致呢？

要理解這個現象，首先要知道架空路牌的形態特點。通常這些路牌都要橫跨兩條或以上行車綫，整體版面偏向橫向長條形。為了善用寬闊的空間，大多數會將多個目的地排成一行英文、一行中文。有時候因為英文比較長，甚至需要拆成兩行，從而出現「英英中中」的排法。

但問題則出現在單綫的架空路牌上，即一塊路牌僅對應一條行車綫，版面比多綫路牌狹窄，每行往往只容納一個目的地。此時如果繼續用「英英中中」的排法，就容易令人混淆。以觀塘繞道這塊單綫架空路牌（左圖）為例，牌上列出「觀塘商貿區」及「將藍隧道」兩個目的地，但英文因空間不足而被迫

觀塘繞道一塊採用「英英中中」排法的路牌。

拆成三行；由於行距一致，駕駛者難以判斷究竟是三個地名、兩個還是一個。雖然中文的字形方正較易閱讀，但對以英文為主的駕駛者來說，閱讀體驗就差得多。

事實上，利用語言自然分隔地名的「英中英中」排法，並非香港獨有的做法，在其他雙語地區如威爾斯、蘇格蘭、愛爾蘭也很常見。香港情況更特別，因為英文細長而中文方正，兩者放在一起自然形成視覺分隔，毋須標點符號，駕駛者亦能迅速分辨每一組地名。

至於為何有些單綫架空路牌會出現兩種排法並存，其實主要是因為 TPDM

「英英中中」排法

「英中英中」排法

「英英中中」排法（左）將兩個英文地名拆成三行，駕駛者難以迅速判斷有幾多個目的地。只要改用「英中英中」排法（右），利用語言作自然分隔，即可快速分辨每組目的地。

僅針對多綫架空路牌作出多行文字排版指引，對於單綫架空路牌的排版方式未有明確規定，以致執行上出現不一致。

此外，「英英中中」排法還有一個常被忽略的問題，就是圖案標誌難以準確對應實際地名。一些目的地如機場、隧道或醫院，往往以圖示配合相應地名一併出現，指示駕駛者須跟隨該目的地前往該設施。例如在中九龍繞道的路牌上，機場標誌與「葵涌」並列，意指前往機場須跟隨葵涌方向。但若採用「英英中中」排法，因為所有英文地名集中在上，所有中文集中在下，圖案與文字難以對齊，就會打斷其視覺配對關係，甚至誤導駕駛者應跟隨那一個地名。

九龍繞道一塊採用「英英中中」排法的路牌，令到圖案標誌無法準確對應實際地名。

先置左再置中？

雖然香港路牌大致上沿用英國標準並無大礙，但部分排版設定來到香港反而會水土不服。為配合廣深港高速鐵路於二零一八年通車，西九龍一帶新增一批指向高鐵站的路牌。但有網民批評，該批路牌排版混亂以致難以閱讀；但這排版問題居然是依足英式標準引致？

根據英國路牌設計標準，所有文字均需要置左排列；但若果地名太長就需要「置左再置中」分行。較長文字的一行必須置左，而較短文字的一行就對齊較長文字的正中間；這代表該文字均為描述同一目的地。

左圖路牌參照了英國的分行置中做法，例如「West Kowloon」比「Cultural District」為短；較長的「Cultural District」置左排列，而較短的「West Kowloon」則對準「Cultural District」的中間。

英國路牌「置左再置中」的做法，是為了避免資訊存在歧義。然而香港大部分路牌均採用「英中英中」排法；因為兩組英文之間已有中文隔開，基本上不會存在歧義的問題。而且「置左再置

圖中白色路牌參照了英國的「置左再置中」做法，被批評排版混亂。

High Speed
Railway Station
高鐵站
West Kowloon
Cultural District
西九文化區
Airport Express
Station
機場快綫站

High Speed
Railway Station
高鐵站
West Kowloon
Cultural District
西九文化區
Airport Express
Station
機場快綫站

置左再置中排法（左）與一律置左排法（右），黃色虛綫為文字的起首位置；起首位置不一會容易混淆，增加駕駛者的反應時間。加上路牌本身有中文隔開英文，故不需要「置左再置中」，一律置左即可。

中」有違一般人的閱讀習慣，駕駛人士需要額外花時間尋找文字的起首位置。另外，置中的位置是取決於個別英文字的長度，並非統一置中的位置；在加入中文後令排版問題更嚴重。

資訊齊全不等於清晰：每條行車綫一塊路牌

香港的公路出口大致分為兩種，一是行車綫遞減（lane drop），即部分車綫會離開主綫駛向出口，與主綫完全分開；另一種就是共用行車綫，即所有行車綫都屬於主綫，其中一條同時作出口用途。上述兩種形式在香港廣泛應用，運輸署亦在《道路使用者守則》中，介紹這兩款出口的路牌的分別。

不過，實際上還有一種更複雜的混合型出口，即同時出現行車綫遞減及共用行車綫。以三條行車綫的道路為例，左綫僅通往出口，屬行車綫遞減；而中綫同時可以通往主綫及出口，屬共用行車綫。這種設計自九十年代起陸續引入本港，主要目的是在繁忙的主幹道上更靈活地分流。

然而，如何在路牌上清楚呈現這種「中綫共用」情況並不簡單。以昂船洲大橋東行為例，該處採用「一綫一牌」形式，即每條行車綫各自配置一塊路牌，結果導致資訊重複且分散。如「八

昂船洲大橋東行的混合型出口，採用「一綫一牌」形式，造成資訊重複及分散。

按照 TPDM 標準，主綫目的地整合為一塊橫跨兩綫的路牌，已較現有的「一綫一牌」清晰。然而出口方向仍分為兩塊路牌展示，導致地名重複，視覺結構略為分散。

英國則採用雙層堆疊式設計，上層統一顯示出口目的地，下層顯示主綫方向，避免地名重複之餘，亦能清楚表達行車綫布局。

號貨櫃碼頭」、「尖沙咀」、「沙田」及「香港」等地名多次出現，駕駛者需要反覆掃視三塊路牌，才能理解整體行車安排，失去即時判斷效果。

其實 TPDM 亦有就此情況提出設計指引；左綫設一塊出口牌，中、右綫設一塊主綫牌，中綫再加一塊指向左上角箭咀的出口牌。此做法比三塊牌稍好，但仍存在資訊重複，駕駛者難以一眼掌握。

相對之下，英國採用雙層堆疊式設計，上層統一顯示出口目的的，橫跨左、中綫；而下層則顯示主綫目的地，橫跨中、右綫。此設計既慳位又具清晰結構，大幅減少冗餘文字，更有助駕駛者在短時間內掌握行車綫安排。

2.6 交通標誌演變史

香港路牌與交通標誌主要分為兩個時期，分別是梅培理標準時期和禾貝斯標準時期。港府在一九七四年開始逐漸改用禾貝斯標準，直至一九八四年全面淘汰梅培理標準。

梅培理標準

目前無法考證早期香港路牌歷史，只能夠從歷史照片得知，香港早於四十年代經已採用梅培理標準。二戰期間日本入侵香港，其中從《每日新聞》拍攝到日軍渡過深圳河時的照片中發現，橋邊有一塊三角形警告標誌，與梅培理標準相若。

當英國分別在一九五八年和一九六三年推出《艾國林報告》和《禾貝斯報告》及所進行一連串交通標誌改革之時，香港只引入了禾貝斯標準的方向指示牌和 Transport 字體，而其他交通標誌仍然維持採用梅培理標準。

1941年出現的梅培理標準警告標誌。

香港碩果僅存的梅培理標準標誌。
(Pak Hin Law 攝)

梅培理標準的「彎路」警告標誌，紅色尖三角及白色資訊板是梅培理標準特色之一。

兩種標誌對比

梅培理標準

禾貝斯標準

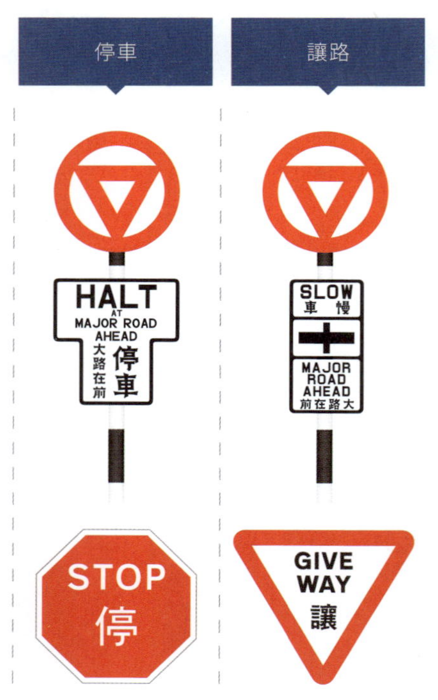

禾貝斯標準

隨着舊式交通標誌未能應付日益繁忙的交通情況，舊有全文字的交通標誌亦顯得不合時宜，香港工務司署在一九七三年首度提出改革交通標誌，與國際統一道路標誌標準看齊。當局所建議的新交通標誌主要參照禾貝斯標準，特點是以簡單圖案取代文字，使人一目了然。在六、七十年代，香港街頭豎立一堆交通標誌，曾被謔稱為「標誌森林」，而新標準整合不少交通標誌。

新式交通標誌自一九七四年開始陸續推出，並最先於中區和尖沙咀試行。首批推出包括「停」(Stop)、「讓」(Give Way) 兩款指令標誌，取代舊有「停」(Halt)、「慢車——大路在前」(Slow - Major Road Ahead)。並每隔一段時間推出五種不同交通標誌，免得市民對大量新標誌無所適從。

直至一九八四年，當局修訂《道路交通條例》並推出最後一批共六十六種的新標誌，全面進入大家熟悉的禾貝斯標準時期。

警告標誌的變遷

香港過往被戲謔為「標誌森林」，最主要原因是梅培里標準所制訂的標誌非常累贅，一個指令往往被分成兩塊或以上的標誌。例如警告標誌是一個紅色三角形，再加一個白色資訊方塊，資訊同時有中、英文及圖案；雖然詳細易明，但體積太大卻會阻礙視綫。禾貝斯標準將兩塊合成一個路牌，並縮細尺寸，資訊則只保留圖案。

警告標誌對比（紅色三角形被省略）

梅培理標準	禾貝斯標準

指令標誌的變遷

部分梅培理標誌將中英文分成兩塊路牌，從後頁可見，圓形路牌標上英語指令，再於下面加上中文翻譯輔助；例如「不准駛入」及「單程路」的設計較為複雜，禾貝斯將其簡化成圖案或簡單文字，且將指令標誌統一成圓形。

大部分梅培理標誌設計均以文字為主，只有小部分加上圖案。例如梅培理的「不准轉左」標誌只是印上文字，而禾貝斯標準則只有一個簡單箭咀。值得一提的是，香港在一九七三年引進禾貝斯標準之時，沒有跟隨英式箭咀的設計，反而加以修改，直至一九八七年才正式改回英式箭咀。

梅培理標準　禾貝斯標準

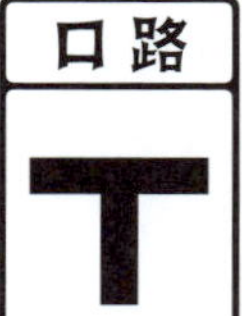

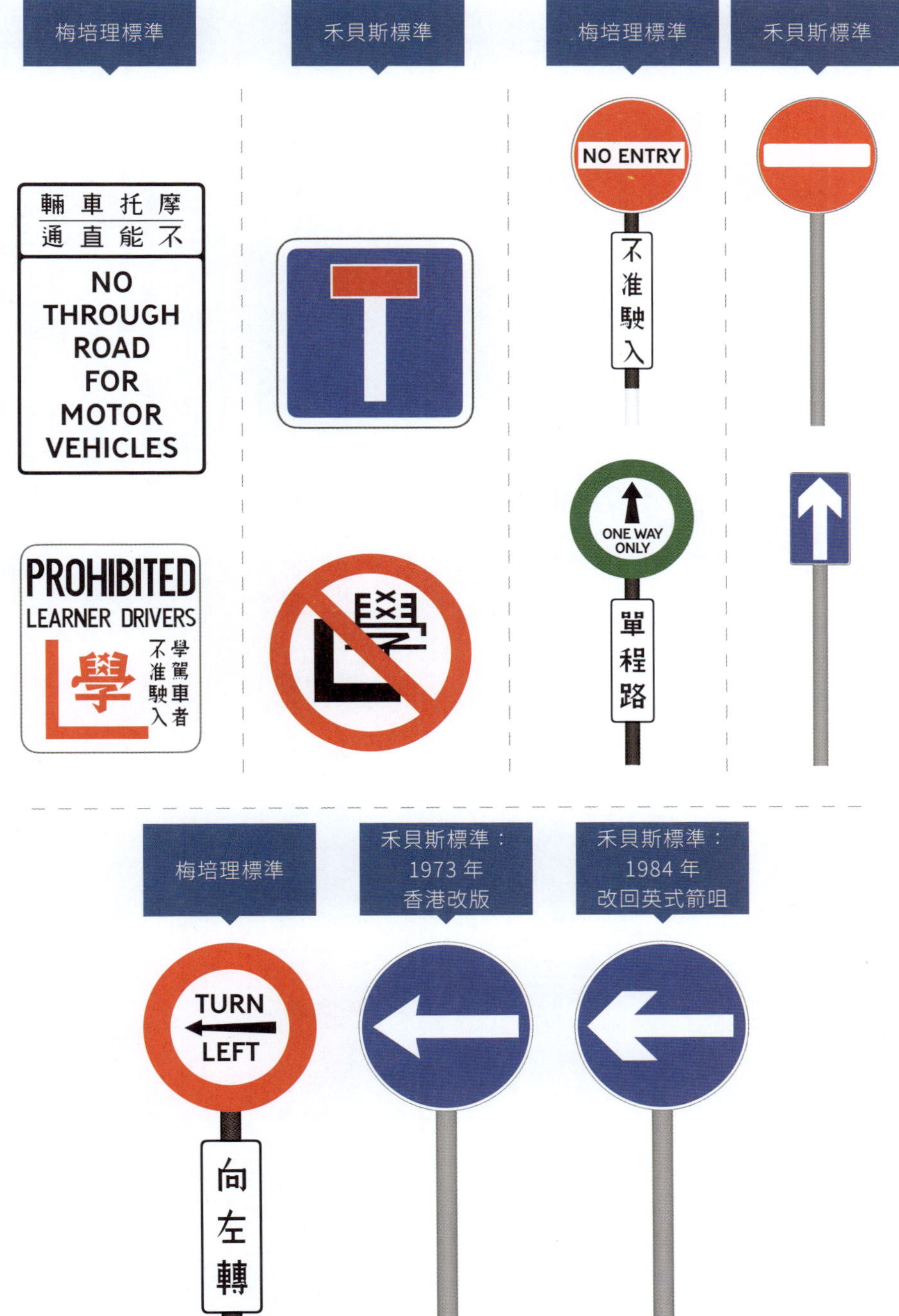
梅培理標準
禾貝斯標準
梅培理標準
禾貝斯標準
輛車托摩
通直能不
NO THROUGH ROAD FOR MOTOR VEHICLES
NO ENTRY
不准駛入
ONE WAY ONLY
單程路
PROHIBITED
LEARNER DRIVERS
學
不准駛入
學駕車者
學
梅培理標準
禾貝斯標準：
1973 年
香港改版
禾貝斯標準：
1984 年
改回英式箭咀
TURN
LEFT
向左轉

香港路牌及交通標誌發展時間綫

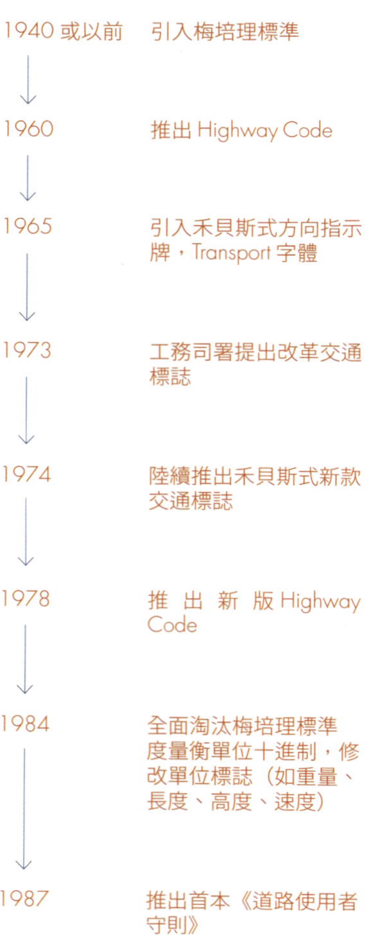

禾貝斯標準：1973 年香港改版	禾貝斯標準：1984 年英式箭咀

不准掉頭

前面轉左

靠左駛

2.7 不准停車限制區

香港人多車多，車水馬龍，為免停泊車輛造成交通阻塞，街上到處都遍佈「不准停車限制區」，亦即是駕駛人士口中的「禁區」。看看左圖兩個「不准停車」標誌，兩者有何分別？

兩個標誌均是指「上午七時至午夜十二時」不准停車，那麼設兩個顏色的作用為何？相信大家翻查《道路使用者守則》就能找到答案，但如果你卻找不到答案，相信是因為你手上的守則仍然是二零零零年五月或更舊的版本。運輸署曾超過二十年沒有修訂《道路使用者守則》，過時的內容讓新駕駛者感到困

1 黃色：限制區開始標誌
2 白色：限制區範圍內重複標誌
3 終止：限制區終止標誌
4 雙黃綫：限制區範圍

惑；尤其是考筆試和實際駕駛時遇到的交通標誌都不一樣，其中一樣就是禁區路牌。所幸的是，運輸署於二零二零年六月推出修訂版；而本章節主要為大家對比新舊兩款的禁區路牌。

全日生效不准停車標誌。
(Wai Yin Leung 攝)

各類顏色組合

起初，所有不准停車的標誌杆均以灰色為主。但由於舊款標誌文字較小，駕駛人士未能清楚閱讀，運輸署遂在九十年代開展一連串的改善計劃。主要針對不同時段限制區的標示，在路面髹上不同間條組合，及在標誌杆髹上不同顏色以作區分。

其中在一九九七年九月起，在灣仔及葵青區率先為不同時段禁止停車的標誌杆髹上各種顏色，例如灰色杆為全日生效或其他時段、紅色杆為上午七時至午夜十二時、黃色杆為上午七時至下午七時、綠色杆為上午八時至十時及下午五時至七時。

當時港府指，這項措施深受駕駛者歡迎。因為駕駛者在晚間或遠距離位置，可以依靠顏色標誌杆的協助，容易

現時顏色標準

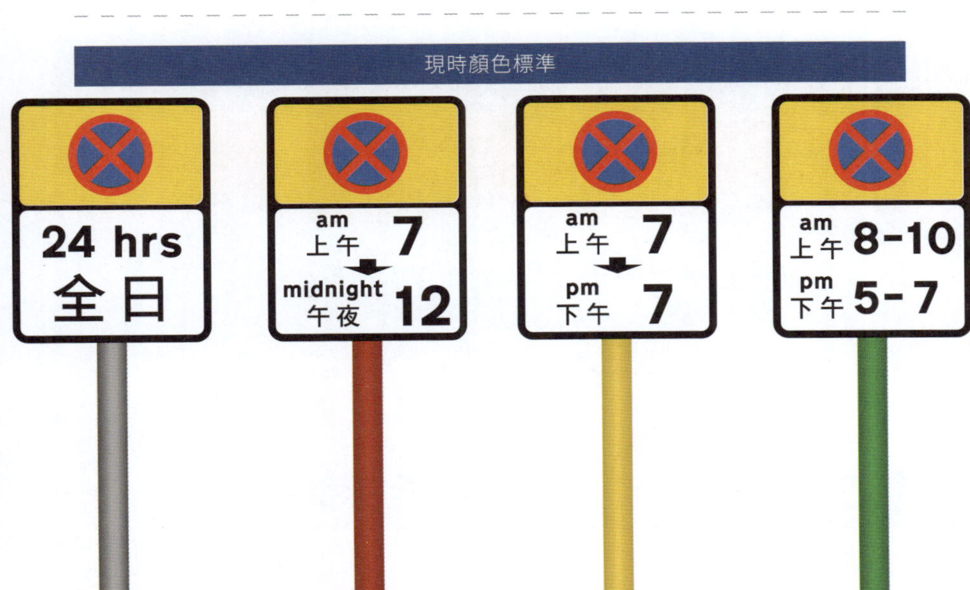

辨認不同的停車限制。而於二零一七年曾有傳媒報導，西貢區的標誌杆沒有按標準髹上指定顏色，涉誤導駕駛者。而運輸署則回應指，標誌杆顏色僅屬提示性質，當時已要求相關部門重髹顏色以符合標準。所以駕駛者同時都要留意標誌上文字，以免墮入抄牌陷阱。

上下集

職業司機俗稱的「上下集」，正式名稱為「繁忙時段不准停車限制」。限制時段分別為上午八時至十時和下午五時至七時，主要是針對上午及下午繁忙時間之道路暢通而設。

本來上下集的舊有時段為上午七時至十時和下午四時至七時，運輸署在二零零三年為紓緩沙士對運輸業界造成的

上下集

影響，分別在五月和六月，把上下集限制時段各縮一小時。

新舊對比

現行的禁止停車標誌於二零零一年七月一日根據《二零零一年第八十六號法律公告》正式實施，運輸署並斥資九百萬港元，於四年內更換全港兩萬個舊標誌。不過由於最新出版的《道路使用者守則》比新停車標誌早推出，故守則內容仍然維持標示舊式。而舊式的禁止停車標誌於二零零五年六月三十日根據《二零零五年第六十六號法律公告》被廢除。

新舊共存的不准停車標誌

新版指示牌主打簡潔易讀，將路牌縮小同時放大字體。其中「全日生效」簡化成「全日」，而英文的「At any time」改為「24 hrs」，這反而令英語人士摸不着頭腦——因為 At any time 指任何時候都不准停車，但 24 hrs 並沒有「所有時間」的意思。

為提醒駕駛者，當局在限制區範圍內每隔一段距離放置重複的標誌。在安裝工序上，新式單件比舊式多件組件更易安裝；由於舊式的重複標誌與道路平行安裝，未能照顧駕駛者閱讀的角度，故新版改向駕駛者正面放置。

舊版（圖左）及新版（圖右）指示牌。

600mm
At any time
全日生效
1000mm

重複標誌之舊式（圖左）及新式（圖右）。

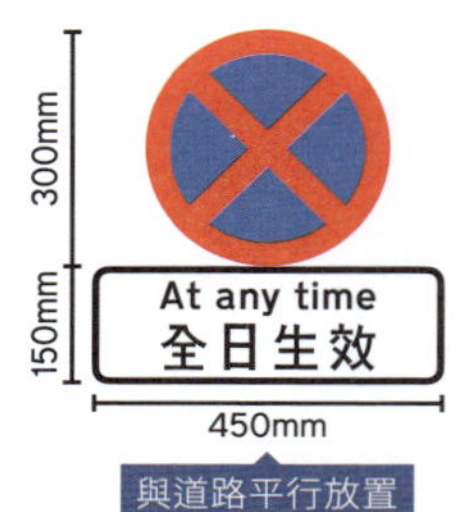

與道路平行放置

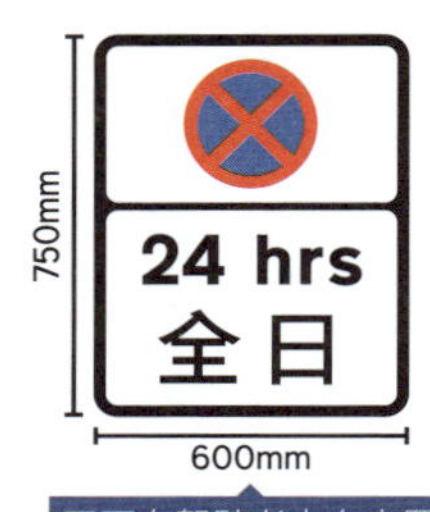

正面向駕駛者方向方置

終止標誌用於提示限制區終止之用途。舊式終止標誌（圖左）中的中文是傳統直排，是在各交通標誌中獨一無二的。

End
終
止

End
終止

對比舊式（圖左）的一大段密密麻麻中文字，新式中英共用阿拉伯數字，並將其放大、而「至／-」則改用龍門架箭咀代替，相對提高可讀性。值得一提的是，英語中的 Midnight 就是午夜十二時之意思，唯獨新式為了統一就變成了「midnight 12」。

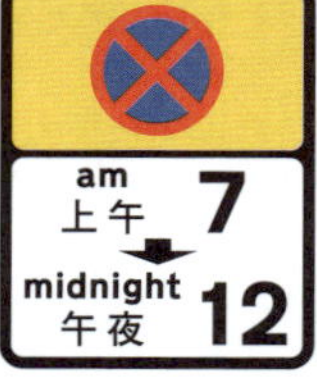

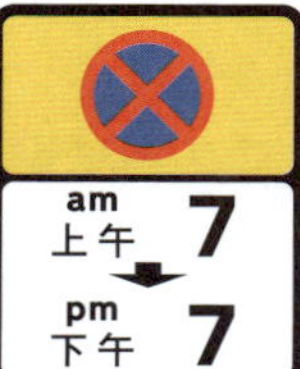

筆者最喜歡的不准停車標誌非舊式「上下集」（圖左）莫屬。雖然與其他舊牌一樣密密麻麻地難以閱讀，但採用的「黑白配」卻能清楚表達上午和下午繁忙限制時段。而在英國，同樣亦採用「黑白配」表示。

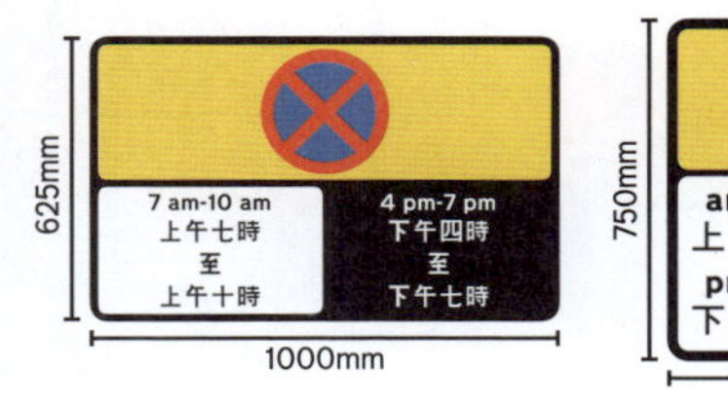

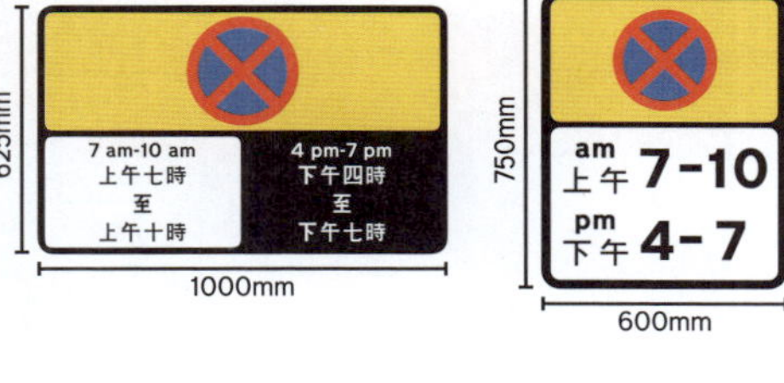

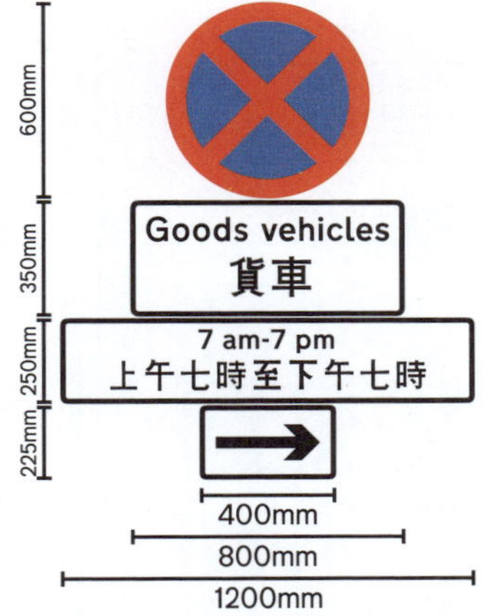

由於舊款的不准停車標誌（圖左）沒有統一各類車輛標準，合共四塊貨車的不准停車標誌，顯得非常擁腫。

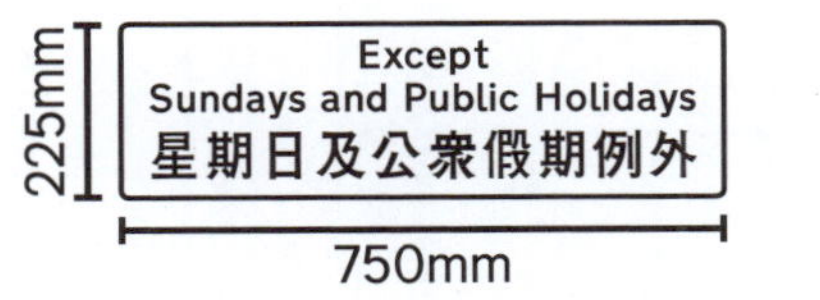

當時運輸署推出新款不准停車標誌時，主要考慮到文字過多與細小，導致閱讀困難。故此亦盡量精簡文字，例如「星期日及公衆假期例外」去掉「星期日」一詞、用「General Holidays」取代「Sundays and Public Holidays」。

現存舊款禁區標誌

二零零五年，舊款不准停車標誌正式被廢除，並由新款取代。不過由於私家路不屬運輸署或路政署管轄範圍，部分私人屋苑仍然保留舊款標誌。另外直至二零一八年初，交通安全城仍然採用舊款排版，但字體已轉用電腦字型。

英國禁區標誌

香港的舊禁區標誌在設計上與現行英國版本相似，尤其是「上下集」的黑白配設計。不過當中亦有不同之處，就是香港版的標誌圖案呈「X」型交叉，而英國版則是一條斜綫。

私家路「全日生效」

私家路「限制區終止」

私家路「全日生效」(Pak Hin Law 攝)

交通安全城「全日生效」(Pak Hin Law 攝)

交通安全城「上下集」(Pak Hin Law 攝)

（左圖）：英國禁區標誌的「限制區終止」（Schoen Cho 攝）
（右圖）：英國禁區標誌的「上下集」（Schoen Cho 攝）

圖上為不准停車，圖下為不准泊車。

其實兩個標誌的意思並不一樣，「X」型交叉為「不准停車」，斜綫為「不准泊車」之意；這個差別能夠充分反映兩地車況的差異。車輛停泊在路邊會令路面減少一條行車綫，對英國等車流少的地方並沒有太大影響，但在香港則會造成交通擠塞。故此香港採用更加嚴格的「不准停車」，而不是英國的「不准泊車」。

2.8 里程標誌

在路牌出現之前，里程碑（Milestone）是一個重要地標，人們靠碑上所刻的數字認路。古代羅馬帝國在境內各地設立石碑，刻上該處與羅馬的距離。里程碑在導航上亦起極大作用，人們可以透過計算距離，得知路程所需時間，從而又可辨認道路。

咪與哩

香港最早出現里程碑的道路經已無從稽考，不過有很大機會是「舊新界環迴公路」。環迴公路由大埔公路（東綫）及青山公路（西綫）組成，分別於一九零二年和一九一四年通車。當時港府在兩條公路上豎立三角形石柱里程碑，刻上該處與尖沙咀碼頭之距離。早期香港仍是採用英制單位，計算路段距離使用英里（Miles），音譯成「咪」；一英

里為「一咪」、一點五英里則為「一咪半」。

舊新界環迴公路起點始於尖沙咀碼頭，終點於上水金錢村。起點為零咪，經西綫為三十六咪、經東綫則為二十咪半；合共五十六咪半，即環迴公路的總長度。咪數不但是里程碑上的數字，亦是地名。例如青山公路十一咪半的更新灣和麗都灣泳灘、十八又四分三咪的舊咖啡灣泳灘，而荃灣「八咪半」商場亦是座落於青山公路八咪半。要注意的是，地址不可以只是標上數字，也須註明路名，否則就無法得知是青山公路還是大埔公路了。

除了舊環迴公路，在一些早期重要幹綫亦設有里程碑，包括嶼南道、羌山道、大澳道、東涌道、汀角路、新娘潭路、清水灣道、西貢公路、大網仔路、林錦公路及錦田公路。根據「香港地方」網站記載，這些舊式里程碑均是三角柱石碑，不過由於港府欠缺保育，不少里程碑經已消失。

現代里程碑

時至今日，里程碑已演化成里程牌，由石碑變成金屬板，運輸署官方稱其為「里程標誌」（Chainage Marker）。里程標誌每隔一百米一塊，並設置於各條主要幹綫和部分主要道

金屬板里程標誌

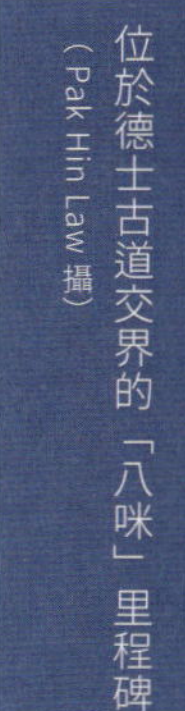
位於德士古道交界的「八咪」里程碑
（Pak Hin Law 攝）

環迴公路里程碑上兩個數字均標示與尖沙咀碼頭的距離
（Pak Hin Law 攝）

龍鼓灘路里程標誌
（Pak Hin Law 攝）

34½ 22 粉錦公路
20½ 粉嶺
已消失路段
16 大埔墟
15 黃宜凹
12 馬料水
大埔公路（東綫）
9 下禾輋
8 德士古道
7½ 大圍
5½ 九龍水塘
3 欽州街
2 亞皆老街
彌敦道
1 加士居道
0 尖沙咀碼頭

舊新界環迴公路（起點為0咪）

路。雖然路牌的出現令里程碑功能性大減，不過它仍是確認身處位置的好辦法之一。假設你在公路上因緊急事故需要報警，而附近沒有如建築物般的地標，你可以透過街燈、路牌編號或是里程碑上的數字，告知警方現在身處的位置。

目前採用的里程標誌是二零零二年設計的新標準，並於二零零四年幹綫重組後使用。標誌分藍和綠兩種顏色，分別指主要道路和快速公路。除里程數字外，標誌上亦印上幹綫編號和行駛方向。不過亦有例外，例如港珠澳大橋未有劃入香港幹綫編號系統，故沒有幹綫編號；另外，九號幹綫（新界環迴公路）方向則標示A（順時針方向）或B（逆時針方向），而非東南西北。里程標誌亦有大小之分；每隔一公里設置面向駕駛者的大牌，每隔一百米則為設置側面的小牌，例如路壆或防撞欄。

而二零零四年之前的舊款里程標誌，印有里程數字、幹綫編號及緊急電話位置方向。新式標誌面向駕駛者方向裝置，舊式一律全部設於駕駛者側面，比較難以察覺。舊式分黃和白兩種顏色，前者為每隔一公里一塊，後者則每隔一百米一塊。現時這些舊款里程標誌已不太常見，散見於一些被剔出幹綫範圍的路段。

每 1 公里（左）和每 100 米（右）的里程標誌

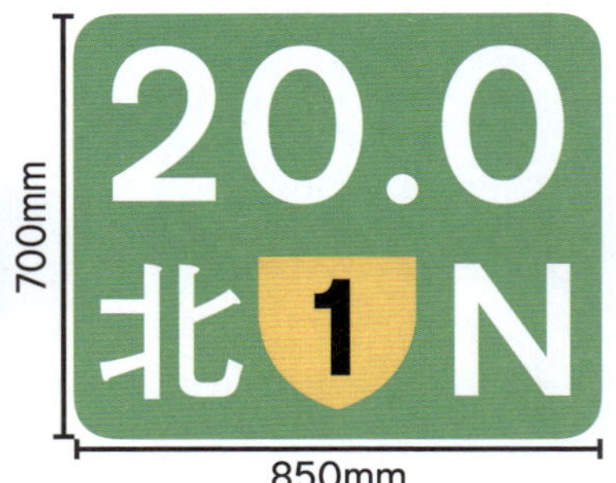

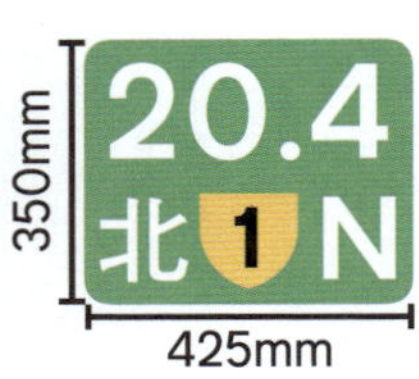

每 1 公里的里程標誌設置在面向駕駛者的方向。（Pak Hin Law 攝）

現時殘存的舊里程標誌（Pak Hin Law 攝）

新里程標誌（2004 年起）	40.4 南 1 S	51.9 2	舊里程標誌及最近緊急電話方向指示（1997 年前）
新界環迴公路以「A」表示順時針方向	67.5 9 A	52.1 2	舊里程標誌及最近緊急電話方向指示（1997-2004 年）
新界環迴公路以「B」表示逆時針方向	67.5 9 B	10.0 9	舊里程標誌（整數）
港珠澳大橋香港連接路里程標誌	6.7 西 W	8000 8	東區走廊里程標誌（2004 年前）

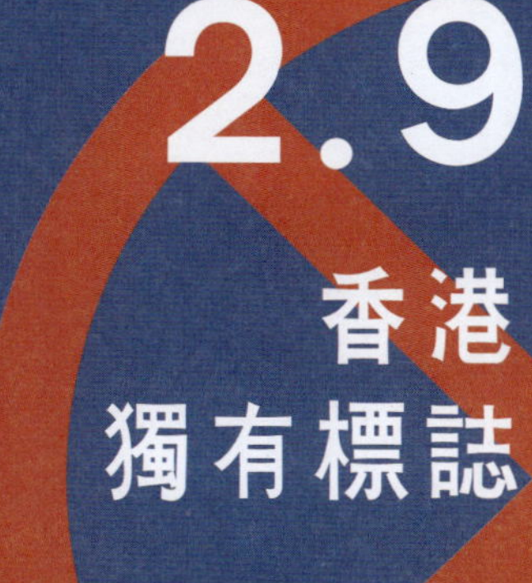

2.9 香港獨有標誌

雖然香港的路牌和交通標誌標準均沿襲英國，但當中有不少都經過修改以符合本地情況。前面章節〈港英大不同〉中，介紹了香港和英國的路牌和標誌不同之處，而本篇則帶大家回到七十年代的香港，看看香港獨有的交通標誌。

英國政府在一九六三年採納禾貝斯委員會的大部分建議，同年起全面更換新式標誌。不過作為英國屬地的香港，於一九七五年才逐步改革至禾貝斯標準。禾貝斯標準的交通標誌，均是以圖案取代文字，與國際接軌，也符合維也納協定。不過圖案的設計並不容易，圖案綫條不能太複雜，要清晰易明。要圖案具可讀性，就要以真實事物作為藍本設計。其實現今通用的交通標誌，均是在七十年代設計的；換言之，這些交通標誌的圖案都是以七十年代的事物為基礎設計。

獅子頭街斗貨車（插畫：張雨恩）

5.5 公噸以上車輛用左綫

貨車泊車處

禁止載有危險物品的車輛駛入

禁止貨車駛入

獅子頭街斗貨車

香港的貨車標誌上，零零舍舍在車頂上有一個四方形突出物，這到底是甚麼呢？七十年代香港十分流行一種叫街斗的車斗，由於車頂本來沒有空間裝載貨物的，但正正就因為香港人靈活變通，想到在車頂上加建載貨位；當車頂沒有放置貨物時會用帆布遮蓋。時至今日，車頂很少再用帆布遮蓋，大部分都改用鐵皮或是纖維物料。

相信與貨車標誌原型最相似的，就是利蘭「FG 型號貨車，花名叫「獅子頭」。雖然這款貨車有不同顏色配搭，但當中經典紅、綠色配搭相信是上一代的集體回憶。而在車門的黑色部分印有文字，亦是俗稱的「門板字」，印有車主資料。不過後來有侵犯私隱之嫌，門板字就越來越少見了。對比英國原裝標誌的簡約設計，香港版本雖然細節較多

但能充分表達到本地貨車的獨特設計。不僅上面提到的車頂裝貨位，連車底的油缸都完整還原。

十四座小巴

作為輔助交通工具，小巴在香港有十分特殊的地位。儘管外國其他地方有這款車種，但均不是獨立經營，有的屬於巴士公司，有的是私人擁有。而香港的小巴就是絕無僅有的存在，其由來亦見證香港的轉變。

半世紀前的六七暴動，當時巴士司機罷工，令到香港交通癱瘓。政府因而允許這些曾視為非法的「白牌車」進入市區提供交通服務。那麼為甚麼叫做「白牌車」呢？在一九八三年統一車牌標準前，車牌主要分作三種，分別是私家車的白色車牌、商用車的黑色車牌及巴士的紅色車牌。私家車不能收取金錢提供載客服務，而這些「小巴」正是以私家車形式登記，故被稱之為「白牌車」。

政府隨後在七十年代將白牌車合法化，也就是今日的公共小型巴士。不過政府對小巴的監管是非常嚴格的，因定性為輔助交通工具，部分路段和新市鎮會禁止小巴進入，故此亦會出現「禁止小巴進入」、「禁止小巴停車限制區」等交通標誌。

不過細心留意這些小巴交通標誌，看起來有點不一樣。就是沒有小巴放在車頂上的牌箱，感覺更像輕型貨車。因為在這個交通標誌設計之時，香港普遍的目的地牌都放在擋風玻璃上，還未出現車頂的牌箱。同時，標誌上的車身中間有一條間條，因為當時小巴都在車身中間髹上紅色（又叫「紅帶」），直

十四座小巴（插畫：張雨恩）

「禁止小巴停車區」終止

紅色小巴終站

綠色小巴終站

禁止公共小巴駛入

到專綫小巴出現才有綠色（又叫「綠帶」）。不過到了九十年代，為了騰空車身位置以放置廣告，「紅帶」、「綠帶」改髹在車頂，變成今日的「紅頂」、「綠頂」。

與小巴標誌原型最相似的相信就是日產 Echo 的十四座小巴；無論車門、車窗，以至泵把位置都十分接近。縱使現時小巴增加至十九座，車身造型經已完全不同，但是經典的十四座小巴仍然以標誌形式留在我們身邊。

汽車渡輪

「揸車、搭船、餐蛋麵」相信是不少港人過海的集體回憶。一九七二年之前香港尚未有海底隧道，車輛要往來香港和九龍，必須靠汽車渡輪過海。汽車渡輪在海底隧道通車後日漸式微，更避

汽車渡輪（插畫：張雨恩）

汽車渡輪指示牌

不過淘汰的命運，在一九九八年停止提供公眾車輛接載服務。

與貨車標誌一樣，香港汽車渡輪的標誌設計沒有採用英國版本。英國版本維持一貫的簡約設計，一艘船內部載有汽車和貨車。而香港版本的概念與英國相約，不過綫條比較複雜，是依照本地汽車渡輪而繪製：一艘船配三個特大的窗口，窗口畫有兩輛汽車和一輛貨車，而特大窗口最能夠表達香港汽車渡輪的形象。

隨着汽車渡輪停止提供公眾車輛服務，路上的汽車渡輪標誌經已買少見少，不過並沒有完全消失。因為汽車渡輪仍然為危險品車輛提供過海服務（隧道禁止第一、二、五類危險品車輛），甚至供食環署用作海上撒灰服務。

手推車（插畫：張雨恩）

人力車（插畫：張雨恩）

禁止徒步控制的車輛進入

人力車與手推車

在十九世紀末，香港引入了一款交通工具並迅速流行起來，當時廣受遊客歡迎。這款交通工具自二十世紀中開始沒落，那就是香港的士的前身——依靠人力拉動的人力車。自一八七四年引入香港，人力車在短短幾年間就成為流行交通工具。直至一九二四年引入的士，人力車逐漸式微，港府亦於一九六八年停止向人力車發牌。現存的人力車已寥寥可數，即將消失於港人眼前。

縱使現在街上難以看到人力車的蹤跡，但仍然能看到一款與人力車有關的交通標誌。就是「禁止人力車及行人控制的車輛進入」的標誌，充分反映和印證過去的老香港。這款標誌通常與「禁止行人和單車進入」並列，主要設於快速公路或繁忙道路上，隨着人力車沒落，這款標誌亦開始消失。

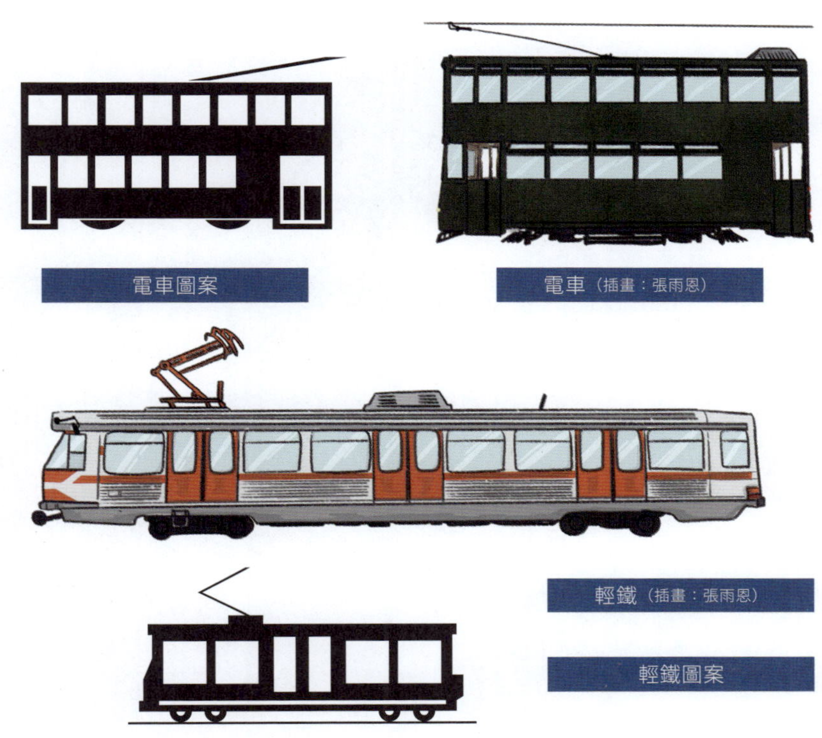

電車圖案

電車（插畫：張雨恩）

輕鐵（插畫：張雨恩）

輕鐵圖案

電車與輕鐵

雖然電車和輕鐵同是路面行駛的軌道車輛，然而大多數市民都會分成兩種不同的交通工具。電車就是在港島市區街道中緩慢穿梭，而輕鐵就是快捷地將新界西北三個新市鎮串連起來。電車在香港歷史中扮演着舉足輕重的角色，尤其是雙層電車的獨特造型吸引世界遊客慕名而來。

而路牌上亦為電車與輕鐵設計出兩個香港獨有的圖案。電車圖案與現實中相似，雙層結構配上集電竿，車頭和車尾設有兩對門。而輕鐵圖案比起現實就稍作簡化，獨特的車身造型配上集電弓、三道車門減至一道、車窗數目亦有減少並再放大、車底設有一條代表路軌的橫綫；縱使圖案被簡化但元素充足，易辨性依然頗高。

曾有讀者來訊，指他在港島發現

一塊「前面有輕鐵」的警告標誌，質疑是否錯誤設置路牌。當時筆者也感到愕然，因為記得明明電車有專屬的圖案，為甚麼要用輕鐵圖案代替呢？在翻查《道路使用者守則》後才發現，原來輕鐵圖案同時也代表電車；而電車圖案僅用於指向電車站的行人路牌。所以表達前面有電車專綫時，路牌是採用輕鐵圖案，而非電車圖案。

相信不少市民都會認為輕鐵和電車兩種不同的交通工具，將輕鐵圖案放到港島總是有一種違和感，甚至令駕駛者一時三刻難以解讀。既然目前已有電車圖案，就應該好好利用並代替港島的輕鐵標誌。

前面有輕鐵車輛或電車

指往電車站方向的行人路牌

左綫為輕鐵或電車專綫

2.10 啡色路牌的迷思

文：邱益彰、吳灝民

英國啡色路牌（Schoen Cho 攝）

法國於七十年代設計啡色路牌以代表旅遊景點和歷史建築。八十年代初，英國分別在諾定咸及根德兩郡引入啡色路牌作試驗用途；前者僅以文字表達，而後者則加上圖案輔助。明顯地，圖案較純文字容易辨識；英國於八十年代末正式將啡色路牌列入標準之中，並為不同旅遊景點的性質設計各式各樣的圖案。英國的啡色路牌圖案與文字一樣為白色；但部分標誌亦有加入適當的顏色以提高辨識度。

在英國，一般旅遊景點都可向當地議會或路政司署申請設置啡色路牌；例如主題公園、歷史建築、博物館、動物園、酒店、遊客中心、露營或野餐場所等。這些旅遊景點或設施必須符合特定條件，包括無需事先預約即可進場、每年有足夠到訪人數、提供足夠的傷殘人士停車位。

香港需要啡色路牌嗎？

二零零五年，香港迪士尼樂園開幕，大部分指向大嶼山的路牌都被加上以米奇老鼠頭形為基礎，由三個圓形組成的迪士尼標誌；與原有飛機標

不少指向大嶼山的路牌都被加上迪士尼圖案，與飛機標誌並排。

2006 年濕地公園開幕後，前往天水圍的路牌都加上「濕地公園」。

誌並排。翌年，濕地公園啓用後，指向天水圍的路牌都改成「天水圍及濕地公園」；彷彿濕地公園是獨立於天水圍般，且顯得特別累贅。一般而言，主幹道的路牌應盡量減省文字，僅需寫上地方名即可。但如果必須設置旅遊景點路牌時，應另外設立啡色路牌以區分地方名和旅遊景點。

啡色路牌在香港

直至二零一九年底，香港開始引入啡色路牌作試驗；截至二零二一年六月為止，香港已有八個旅遊景點設有啡色路牌。不過部分啡色路牌的設計欠佳，降低其辨識度及可讀性。

濕地公園

東涌纜車站

米埔自然保護區

山頂

水上的士

海洋公園及
水上樂園

海下遊客中心

元素過多：山頂

太平山頂是香港的象徵和地標，亦是香港著名旅遊景點。當局於馬己仙峽道設置了一塊指向山頂的啡色路牌作試驗用途，然而路牌上的圖案卻難以辨識；駕駛人士未必能夠在短時間下理解其內容。

此山頂圖案辨識度頗低，由於圖案的元素過多；包括凌霄閣、太平山、纜車、路軌、天際綫、英文字樣。而且太平山外形並不明顯，而最標誌性的凌霄閣亦只佔整個標誌的十分一；無法清晰表達實際意思。另外圖案以幼綫為主，辨識度遠低於實心圖案。種種因素下，圖案不但不能發揮其作用，更讓駕駛者需要花時間重新解讀。

針對以上問題，作出以下改善建議。首先應該將多餘資訊剔除，例如英文字樣、天際綫及山頂纜車。第一，

原有設計（上）與建議設計（下）

原本路牌已附有文字資訊，圖案上的英文字樣「The Peak」顯得多餘，且尺寸太小致難以閱讀。第二，天際綫不是有用的資訊，麻密密綫條更添混亂。第三，圖案中的山頂纜車喧賓奪主，比凌霄閣還要大，有可能會令駕駛者誤以為標誌是指花園道的纜車站。

剔除多餘資訊後，就剩下山頂的重點——山、凌霄閣。但為確保標誌容易理解，減少駕駛者的思考及反應時間；圖形以實色（Fill）並非框綫（Outline）呈現，以增加標誌的可視距離。

顏色災難：水上的士

為配合維多利亞港的水上的士啓用，運輸署於相關碼頭及登岸設施附近加設路牌，指向水上的士的上落點。

其中包括為駕駛人士而設的啡色路牌、及為行人而設的藍色路牌；然而該批路牌亦存在設計問題。

首先，藍色路牌的水上的士圖案為白色，與其他路牌格式一樣。然而啡色路牌的水上的士圖案由橙色、白色、淺藍色組成；顯得設計並不統一。

第一，橙色與啡色屬於同一色相，當橙色減少亮度後就會變成啡色。而船隻圖案上的船身部分採用橙色，與啡色背景的對比度不足，會令到船身較難察覺；使可視距離大幅縮短。

第二，根據香港路牌標準，車輛、行人、飛機等標誌都具有方向性，意即所展示的圖形會暗示方向。而現時所有水上的士路牌不論指向左或向右，船頭方向一律向左；路牌指向右時，就會造成船隻向後的尷尬情況，且與其他現行路牌做法不統一。

其實解決方法非常簡單，只需將水上的士圖案統一成單白色即可，即是整個圖案與文字採用同一色調。另外將船頭與路牌所示之方向一致，例如示意左轉或靠左時，船頭向左、示意右轉或靠右時，船頭向右；與其他路牌看齊。

啡色路牌上的水上的士圖案由三組顏色組成。

藍色路牌上的水上的士圖案為單白色。

建議設計。將圖案轉為白色，並跟隨路牌方向左右倒轉。

第三章

交通事物

早期香港市民交通安全意識不高，港府遂推行大量措施以減少交通意外，本章將向大家介紹各種保障道路使用者安全的交通事物。

3.1 卑利沙燈與斑馬綫

在街上，我們時有見到俗稱「黃波燈」的斑馬綫黃色燈標。主要用途是提醒駕駛者前面有斑馬綫，並需要讓路予行人。這款「黃波燈」正式名稱為卑利沙燈（Belisha Beacon），命名自英國前運輸大臣卑利沙勳爵（Leslie Hore-Belisha）。卑利沙燈燈柱通常髹上黑白顏色，與斑馬綫呈相同色調，與燈號互相呼應。卑利沙燈來自英國，雖然世界各地都有類似設計，但只有愛爾蘭、馬爾他、新加坡及香港完全採用英國標準。卑利沙在一九三四至一九三七年間出任運輸大臣，雖然他在任只有短短三年，但任內奠定了不少關於交通規則的基礎，其中最有名的就是卑利沙燈。

歷史緣起

一九三零年，英國政府修改《道路交通法令》，廢除時速二十哩之限速規定，此舉引起廣泛爭議。隨着規例放寬，交通意外數目急速暴升，一九三四年更達至新高，英國共有七千人因交通意外而死亡，另外更有二十萬人受傷。一九三四年，卑利沙上任運輸大臣後不久，他在金敦高街（Camden High Street）橫過馬路時幾乎被一輛跑車撞倒。他批評前任政府在一九三零年廢除車輛速度限制規定，使國民陷入無止境的「大屠殺」。其後，卑利沙提出《一九三四年道路交通（修訂）法案》並獲國會通過，限制所有已發展區域的最高行車時速、設立駕駛考試，以及在行人過路處設立過路燈——卑利沙燈。卑利沙亦在新法例實施後，時常親身到社區教導民眾如何橫過馬路。卑利沙卸任運輸大臣後，即擔任行人安全協會副主席，繼續推廣行人過路安全意識。

卑利沙燈在一九三五年陸續推廣至全英國各地，及後更成為英國標誌。當中最為人所知是披頭四樂隊的 *Abbey Road* 專輯封面，樂隊成員橫過斑馬綫的情景。雖然封面只是拍到斑馬綫範圍，但其實兩邊行人路都豎立了卑利沙燈。

Abbey Road 斑馬綫兩旁都豎立了卑利沙燈。（Jonathan Ho 攝）

香港俗稱「黃波燈」的斑馬綫黃色燈標。
（Wai Yin Leung 攝）

通常在斑馬綫行人路兩側各置一枝卑利沙燈，兩枝卑利沙燈每秒輪流閃爍。英國早期卑利沙燈的燈罩都由玻璃製造，但鑒於為數不少的燈罩被小朋友用石頭擊碎，於是在一九五二年後換成塑膠製。

卑利沙燈在香港

上世紀五十年代香港，行人過路處寥寥可數，行人隨意橫過馬路，可說是險象環生。不過當時人流多的十字路口，馬路上劃有虛綫讓行人過路，並豎立一款叫「行人　沿步路過」的行人指導路牌，又被稱為「紳士腳路牌」。虛綫前亦印上「停　STOP HERE」，提醒司機需要停車讓路予行人。後來當局推出第二代行人指導路牌，刪去了代表性的「紳士腳」標誌；而中文文字亦改為「沿此路過」。

但由於當時市民普遍沒有交通安全意識，不時發生交通意外。有見及此，港府除設立燈號管制過路處外，還設立了行人優先的斑馬綫，比起虛綫更為易認。五十年代末，政府為推廣交通安全，推行交通安全週。一九五八年，警務處交通部推出卡通角色「斑馬佬」，鼓勵市民使用斑馬綫橫過馬路。斑馬佬身穿斑馬綫造型的衣服、佩戴三角警告帽、手持紳士腳路牌和卑利沙燈。在同年七月十四日起，港府在各處展示大型斑馬佬紙板，並在市區各處遊行推廣。因新推出的卑利沙燈發出閃爍燈光，比紳士腳路牌更矚目，紳士腳路牌逐步被淘汰，而斑馬佬手上只剩下卑利沙燈。七十年代起，隨着市區車流日增，港九大部分斑馬綫逐步被交通燈行人過路處取代。不過卑利沙燈並未因此而消失於人前，在不少地方仍能找到其蹤影，尤

五十年代的斑馬綫（插畫：張雨恩）

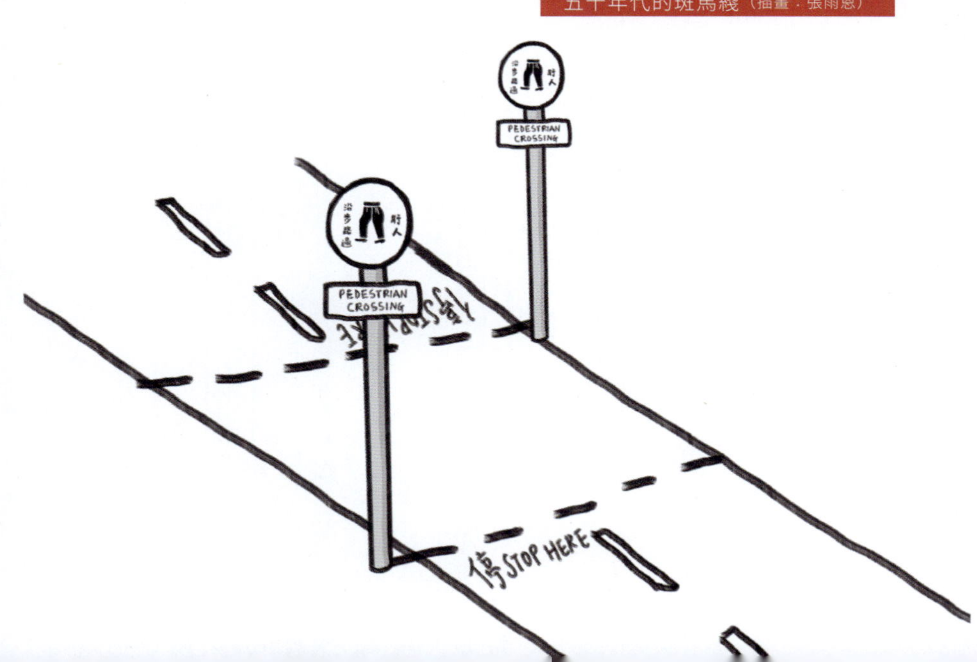

其是車輛流量低的道路。

英國在二零一七年推出新款卑利沙燈，在燈罩外圍增設閃動黃光的 LED 光環，支柱部分亦會發出閃動白光。相

第一代斑馬佬手持紳士腳路牌和卑利沙燈。

第二代斑馬佬設計稍作修改，手上只剩卑利沙燈。

現時斑馬綫（插畫：張雨恩）

當時交通部高級警司莫禮遜向記者介紹「斑馬佬」，推廣道路安全（《華僑日報》，1958 年 7 月 11 日）。

比傳統設計，新版卑利沙燈更顯眼易見，更能吸引駕駛者留意斑馬綫。二零二二年四月，香港運輸署參考英國經驗，引入這款新式 LED 卑利沙燈，以提升斑馬綫的安全性。

英國與新加坡

香港的卑利沙燈造型統一，但發源地英國則是五花八門：有的是安裝在街燈的中間枝柱，有的一條柱安裝兩盞卑利沙燈。而在新加坡，卑利沙燈只限於夜間七時至日間七時閃爍。

香港新款 LED 光環卑利沙燈，比起傳統設計更顯眼易見。

有保護罩的卑利沙燈。（Ka Ming Ko 攝）

英國新式卑利沙燈，在燈罩外圍及支柱增設 LED。（Ka Ming Ko 攝）

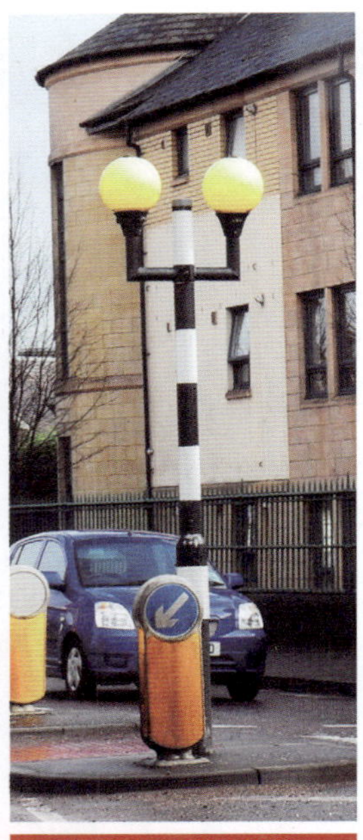

一條柱上兩盞卑利沙燈。（Ka Ming Ko 攝）

新加坡的卑利沙燈只於夜間閃爍。（Ka Ming Ko 攝）

3.2 紅綠燈與行人過路製

「一二三，紅綠燈。過馬路，要小心。」經典遊戲「紅綠燈」以簡單道理教導兒童遵守交通規則「紅燈停，綠燈行」，除保障安全外，更能確保車流效率。交通燈最先在二十世紀初於歐美地區出現，現時經已成為城市的必需品。

由交通亭到交通燈

戰前香港人口較少，路上車輛亦寥寥可數，故此基本上不需要交通管制措施。一九二二年，香港交通警察首次配備手杖站在街上指揮交通。當警察舉起右手，駕駛者需要停車，而擺動左手則示意車輛可以通過。

而香港最早的現代化交通燈於一九三四年八月出現，港府在德輔道中與必打街（現譯畢打街）交界設立全自動化交通燈，取代舊有的人手操作交通燈塔。這套現代化交通燈由接觸板、控

制箱、以及交通燈三部分組成。當車輛即將駛至燈位附近之際，會經過接觸板，訊號便通過電綫傳送到燈柱；交通燈就會由紅燈轉爲綠燈，車輛通過後轉回紅燈。隨後港府陸續在港九各地車流量高的路口增設交通燈，如在一九三六年在皇后大道中與必打街交界增設交通燈，取代傳統的交通警察站崗。

二戰期間日本侵佔香港，戰爭陰霾下燃油屬於軍需品而需實施燈火管制，只能有限度提供電力，人煙稀疏的街道上就更不需要交通燈。重光後一年，香港各處在一九四六年六月十日恢復使用交通燈。然而當時交通燈的操作及外觀並不統一，部分新設的交通燈有紅、黃、綠三種顏色，但在天星碼頭的交通燈（現已拆除）則只有紅色燈號，只有在紅燈亮起時才需要停車，其他時間暢通無阻。

隨着戰後人口急速膨脹，港府開始引入更多交通燈以有效管制交通。不過並沒有立即取締警員的崗位，甚至在一九五三年開始出現設於路中心的交通亭，由警員站於亭內指揮交通。進入七十年代，交通燈已廣泛取代交通亭，及至八十年代初交通亭才在街上全面絕跡。

交通燈造型

交通燈由紅、黃及綠色組成，那麼你知道交通燈柱是甚麼顏色嗎？早期香港任何與道路扯上關係的設施都一律髹上黑白配顏色，例如馬路路壆、路牌支柱、交通亭及交通燈等，交通燈柱也不例外。不過後來《禾貝斯報告》提到，過多黑白配顏色容易令駕駛者分神，故此行人路壆、路牌和交通燈枝柱開始改髹普通灰色，其中只有卑利沙燈（又稱

黃波燈）保留黑白配顏色。

除了紅、黃、綠三個燈號外，有些交通燈還設置禁止燈號，例如「不准左轉」、「不准掉頭」等。由於早期生產的路牌不能反光，駕駛者在夜間未能看清標誌，所以在交通燈旁設置了一個四方形燈箱，內裏裝上烏絲燈膽，箱面以文字表達指令。後來當局縮小燈箱，放在交通燈下方，並改以圖案形式表達。不過隨着反光路牌和 LED 盛行，這些禁止燈號越來越少了。

有些交通燈會因應各個路口的需要設置綠色箭咀燈號。例如「向左箭咀」，代表轉左的車輛可以通行。不過你又有否留意到，香港的綠色箭咀燈號尺寸比起紅及黃更大。然而在英國，無論有沒有箭咀的燈號，比例都是一樣的。

綠色箭咀燈號（Pak Hin Law 攝）

綠色箭咀旁的烏絲燈膽指令標誌越來越少。（Pak Hin Law 攝）

交通燈次序

「交通燈轉綠燈之前是甚麼顏色？」如果你來自內地、台灣、馬來西亞及新加坡，你大概會回答「紅色」，而香港人通常都會回答「紅黃色」。到底甚麼是紅黃燈呢？

筆者曾與澳洲朋友一起做過香港駕駛執照模擬筆試，他對一條題目感到十分疑惑；表示從來未見過交通燈紅及黃燈同時亮起，亦不明白其用意。因澳洲沒有「紅黃燈」，綠燈是緊接紅色熄滅後亮起。紅黃燈來自歐洲，根據《日內瓦公約》制定，列明紅燈和黃燈同時亮起後才轉綠燈。除法國、西班牙、葡萄牙、愛爾蘭、意大利及希臘外，目前大部分歐洲國家仍然依照慣例設紅黃燈。

行人交通燈和黑盒

最初，香港設立交通燈目的是在車流量高的路口作適當車輛管制，而非為規定行人過路的次序，後來才在人多車多的地方加設斑馬綫和卑利沙燈等新式道路設施。不過由於斑馬綫在設定上是行人絕對優先，車輛必須讓路，在車多地方勢必造成交通擠塞。所以自七十年

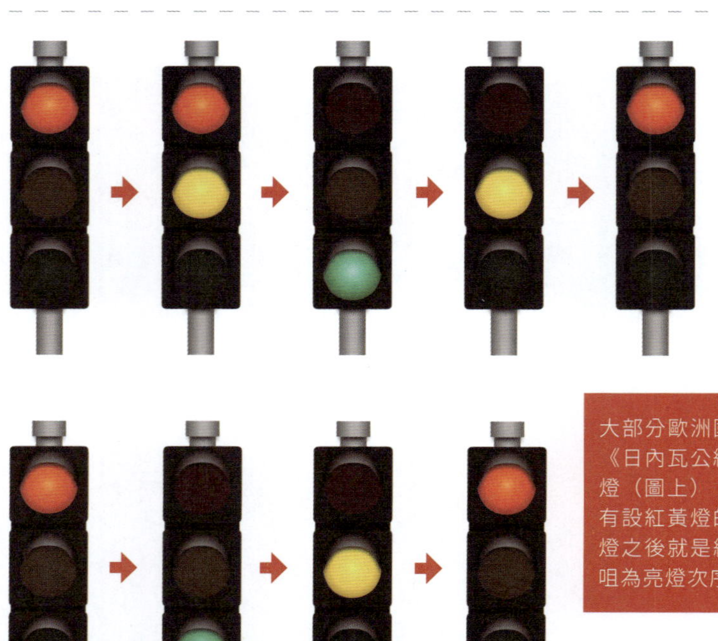

大部分歐洲國家均跟隨《日內瓦公約》設紅黃燈（圖上），而其他沒有設紅黃燈的國家，紅燈之後就是綠燈。（箭咀為亮燈次序）

代開始，港九大部分舊式斑馬綫已被設有交通燈管制的行人過路綫取代。

電子行人過路鍵

現今三歲小朋友也知道，過馬路時要注意燈號：紅燈停、綠燈行、閃綠燈就不要開始過路。不過對於六十年代的香港市民來說，交通燈是一樣新鮮的事物。所以最早期的行人交通燈在紅燈上寫「停」，綠燈上寫「去」；不過閃綠燈卻令市民誤以為是要趕快過路。

六十年代開始，交通燈具備定時自動轉燈功能，但如果在部分車多人少的路口，交通燈或會減低車流。故政府在這些人流疏落的行人過路綫安裝「電子行人過路按鍵」，又稱「黑盒」。黑盒下面設一個按鍵，當行人按下後便會安排轉燈。如果無人按鍵時，就會長期保持紅燈。黑盒最大特色是圖文並茂解釋燈號規則，當行人按鍵後便會亮起燈光，以及顯示「WAIT 等候」。黑盒源自英國，原本是為了教導民眾過馬路而設立。在一九四九年，英格蘭希士市在交通燈下安裝一部重三十磅的發聲裝置，提醒行人過路時應望左望右；後來再演變成黑盒，讓行人按鍵等候。

阿聯酋一帶曾受英國統治的地方，獨立後仍採用英式標準設計。除了路牌依照英國風格和 Transport 字體外，亦有引入黑盒提醒市民安全過馬路，配上阿拉伯文的黑盒別有一番風味。

香港在二零零三年開始逐步淘汰黑盒，由較小型的新型按鍵（俗稱黃盒）取代。原來有部分黑盒「退役」後到了中國大連繼續服務市民，有部分則埋在堆填區裏。有趣的是，雖然內容換成了簡體字，但依然維持「英上中下」的排版設計。

位於原產地英國的黑盒。(Ka Ming Ko 攝)

最後一個位於太古城的黑盒按鍵於二零二零年一月八日退役，被新款黃色小型按鍵取代。(Pak Hin Law 攝)

位於中國大連的黑盒。(Ying Hang Tin 攝)

位於阿聯酋杜拜老城區的英式黑盒。(Hugo Ng 攝)

二零二五年，香港運輸署逐步更新電子行人過路鍵，增設發光組件、摸讀地圖、語音位置提示等新功能，讓視障人士、弱視人士更容易理解行人過路處資訊。

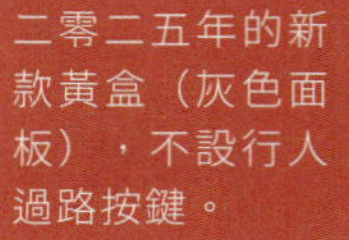

二零二五年的新款黃盒（灰色面板），不設行人過路按鍵。

二零二五年的新款黃盒（藍色面板），附有行人過路鍵功能。

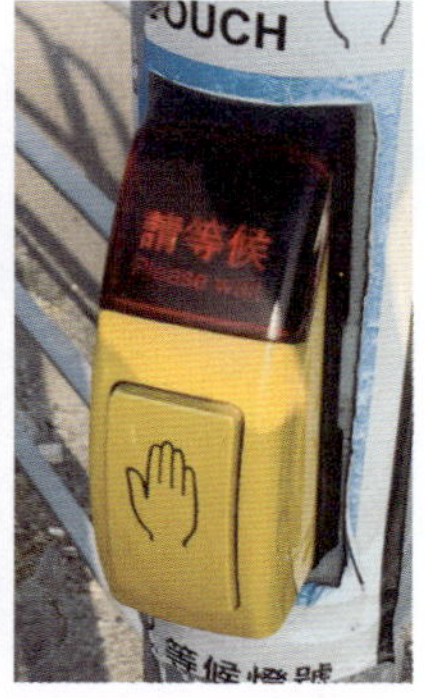

二零零三年引入的黃盒。

3.3 莫禮遜燈號

「頭大身細伴街坊，白頭黃身識發光。借問盞燈有乜用，指引司機咪撞中。」

有一條家傳戶曉的 IQ 題：世界上最小的島在哪裏？相信大家都知道答案是——安全島。在一些路面較闊和車流量高的道路，行人過馬路可說是舉步維艱。因此，道路中央會設置安全島方便行人停步暫留，減低意外發生。不過說到底，安全島只是立於道路中央的小型設施，如何眞正保障「島」上行人的安全呢？

一些比較大型的安全島設有欄杆，避免行人在等候過路時踏出路面釀成意外。至於無法容納欄杆的小型安全島，需要設置一個路牌標記，提示駕駛者安

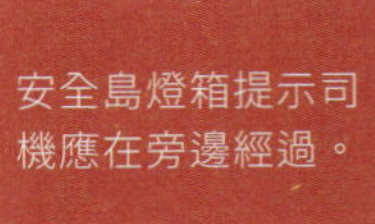

安全島燈箱提示司機應在旁邊經過。

全島就在前面。例如澳洲的安全島會設「Keep Left」的路牌，指示駕駛者從安全島的左邊越過（對應左軚國家則是靠右）。而在英國和香港，有一個比起路牌更顯眼的發光物體長駐安全島，就是大家口中的安全島燈箱。

所謂安全島燈箱，主要放置在安全島或分隔道路的路壆上，目的是提示司機應在燈箱旁邊駛過。最大特色就是夜間時分會發光，構成香港街道夜景的重要一環。不過大家可能不知道它的正式名稱——莫禮遜燈號。

「港九市區現正試用新交通燈號，以改善本港的交通標誌使其達到國際水準。此種新燈號，名為『莫理遜燈號』，用黃色及白色塑膠造成，在夜間整座放明……莫理遜燈號來自英國，工務司署工場曾將其形式略加改造，以適應本港用途。」

（《工商日報》，一九七三年五月二十九日）

《工商日報》提到的「莫理遜燈號」，是以警務處交通部高級警司莫禮遜命名，故此又稱「莫禮遜燈號」。至於為何「莫理遜」和「莫禮遜」並存，可能是師爺不同翻譯之故，又或是手民之誤。

第一代：來自英國發光裝置

世界上不少地方的安全島上只設立路牌，為何英國和香港則裝設發光燈號？早於三十年代，英國運輸當局在安全島上裝上街燈作照明用途。後來就演變成比較矮小的發光防撞柱（Illuminated Guardpost），由當時專門製作英國全國路牌及燈箱的

Gowshall 公司生產。發光防撞柱內設燈膽，與現時莫禮遜燈號原理相似。防撞柱印有「KEEP LEFT」發光字樣，故又稱「左行交通柱」（Keep-left Traffic Bollard）。根據《工商日報》記載，香港採用的防撞柱與英國設計相近，但內部沒有發光裝置，而是在頂部設有紅色閃光。直至一九七三年，香港工務司署落實改善交通安全的措施，其中除改革交通標誌外，同時引進英國第二代安全島燈箱，亦即是莫禮遜燈號。

「因為很重要，所以要放兩個燈箱。」

早期英國早期的左行交通柱，牌箱內設發光裝置。（插畫：張雨恩）

香港版本，部分牌箱沒有發光裝置，故在頂部加上紅色閃燈。（插畫：張雨恩）

第二代：香港製造「莫禮遜燈號」

莫禮遜燈號以塑膠製成，以注目的白色和黃色為主調，夜間發光。當年報道指首批試行的莫禮遜燈號安裝在花園道、彌敦道及土瓜灣道。共試驗兩款型號，一款為類似英國版本的「一體式」，另一款就是工務司署自行改良的「大頭版」。大頭版亦從未在英國出現過，是香港獨有的設計。

六十年代英國版全白色安全島燈箱。（插畫：張雨恩）

一九六三年《禾貝斯報告》公佈後，「KEEP LEFT」字樣改成符號，並加上黃色反光部分。（插畫：張雨恩）

一九七三年，香港工務司署引入安全島燈箱再加以改良，「大頭版」為莫禮遜燈號的象徵。（插畫：張雨恩）

八十年代中期再改良莫禮遜燈號，柱體全條改成黃色，為現今常見版本。（插畫：張雨恩）

第三代：自動復原「Simbol 燈號」

後來有報章批評莫禮遜燈號太易受損，輕微交通意外都足以將其解體，每次維修動輒花費千元。因此，英國在九十年代推出第三代安全島燈箱——Simbol，最大特點是採用彈性物料防止撕裂，被汽車撞倒後會自動復原，省去昂貴的維修費用。香港亦於九十年代中引入 Simbol，主要設於當時新發展區，如赤鱲角機場、灣仔北填海區等地。至於為何部分 Simbol 燈號約在二零零五年再次被傳統莫禮遜燈號取代，令香港 Simbol 燈號數量減少，則無從考證。

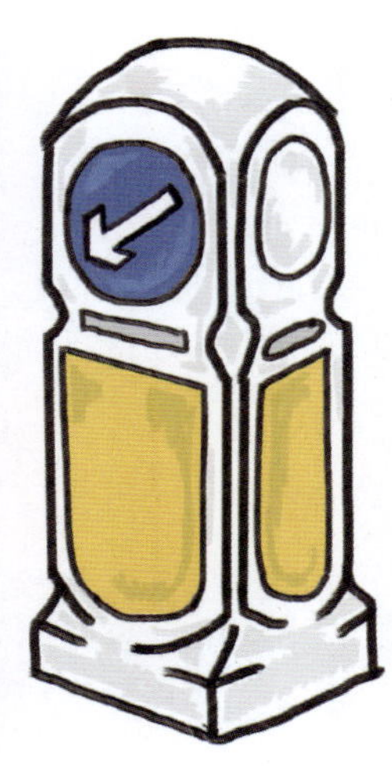

早期香港版 Simbol 燈號。（插畫：張雨恩）

後期香港版、英國版 Simbol 燈號。（插畫：張雨恩）

第四代：環保慳電棄燈箱「反光自動復位柱」

全港共有一萬多個莫禮遜燈號，「梗有一個喺左近」。由於莫禮遜燈號或 Simbol 都是發光裝置，所耗費的電力不菲。在千禧年代中期，英國推出「反光自動復位柱」（Retro-reflective self-righting bollard）逐步取代舊式發光燈箱，並以反光貼紙代替燈光照明。與 Simbol 相類，新式反光柱採用百分百可循環再用物料，及即使被車速七十公里行駛的汽車撞到亦能自行回復原位。

現時香港常見的「反光自動復位柱」與英國設計完全一樣，常見款式包括 EVO-Max、EVO-N、Night Owl 及 Rebound。

EVO-N。（插畫：張雨恩）

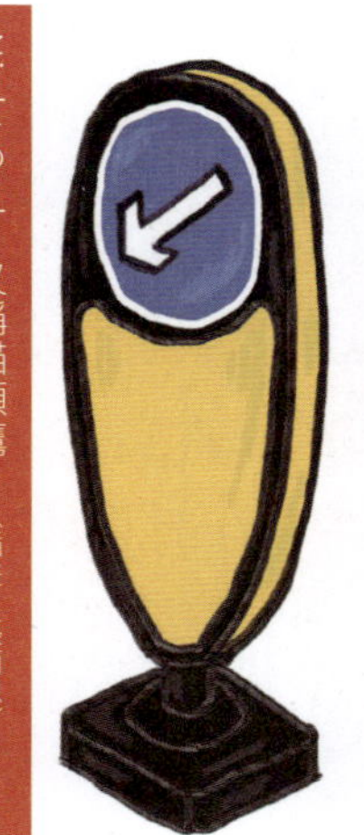

Night Owl，又稱貓頭鷹。（插畫：張雨恩）

Rebound。（插畫：張雨恩）

EVO-Max，又稱肥仔。（插畫：張雨恩）

莫禮遜燈號及安全島燈箱

Night Owl

上：常見的 Night Owl 為黑邊。

下：白邊版的 Night Owl。

(Pak Hin Law 攝)

Simbol

上：舊版港式 Simbol 燈號。

(Lok Ho Lam 攝)

中：新版港式 Simbol 燈號。

(Pak Hin Law 攝)

下：英式原版 Simbol 與新版港式設計一致。(Jonathan Ho 攝)

Rebound
上：香港 Rebound。
下：英國 Rebound。
（Jonathan Ho 攝）

EVO-Max

EVO-N
上：近年港島不少路口改用 Flecta。
中：英式 Flecta 與港式設計幾乎一樣，除了部分背面為黑色。
下：位於倫敦的 Flecta。
（Jonathan Ho 攝）

3.4 速度限制

一九一一年，港府修訂《道路車輛規例》，進一步規管道路上行駛的車輛，保障市民安全。當中規定司機必須持有駕駛執照、禁止汽車進入寶雲道和堅尼地道（寶雲徑至司徒拔道一段寶雲道禁止汽車駛入），亦首次引入速度限制。修例是因為最初香港的道路並非為行駛汽車而設計，路上時時都有行人、人力車、轎和汽車互相爭路。同時因為當時沒有就車輛制定速度限制，頻繁發生交通意外。修例規定因應路面繁忙情況而限制車速，由時速七哩至二十哩不等（約十一點三至三十二點二公里）。

不過當時速度限制並非全港通用，只針對車水馬龍的市區。在新界偏遠地區，如水靜鵝飛的青山公路就沒有制訂限速的需要。戰後人口急增，街道上的車輛日益增多，港府在六十年代逐步限制各路段車速。

（左圖）安全時速指導牌、限速標誌（上圖左）及限速區域終止標誌（上圖右）

限速三十哩與安全時速三十五哩

隨着汽車生產技術改良，車速提升，舊有限速已不合時宜。港府在一九五七年修訂法例，規定指定路段車速限制為時速三十哩（約四十八點三公里）；不過法例訂立後三年才正式於全港二十二段道路生效。一九五九年更進一步收緊對巴士和貨車之車速限制，在任何道路上都不得超越時速三十哩。

今日鄰近政府總部的一段夏慤道急彎曾經是交通黑點。在通車初期，夏慤道並未納入指定限速道路之內，

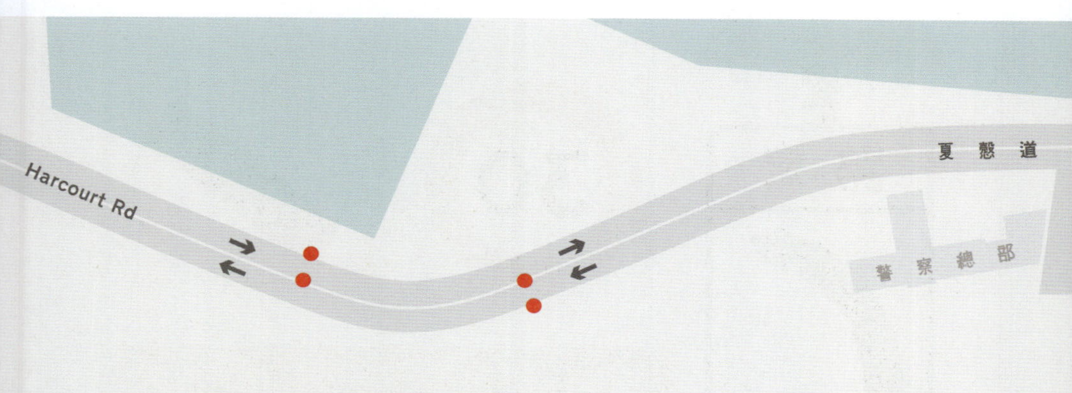

1962 年在夏慤道急彎設置首批安全時速指導牌（紅點）

在一九六二年半年內接連發生十三宗車禍，主因是車輛駛經彎位時車速過高。一九六二年八月十三日，警察交通部在夏慤道設立四個「安全時速指導牌」，建議駕駛者在該彎位不應超過時速三十五哩（約五十六點三公里）。由於「安全時速指導牌」只是建議性質，不具實際法律效力，交通意外數目亦未有下跌趨勢。故在一九六八年五月一日開始，夏慤道全段限速三十哩。

最初港府只在市區和頻繁發生交通意外的路段限制速度，後來於七十年代末，在全港道路全面實施速度限制，香港再沒有無限速的道路，「限速區域終止」標誌亦步入歷史。

速度單位十進制

七十年代初，港府計劃放棄英制

公制下限速 50km/h 的路牌，已於 2000 年後停止使用。

並改用公制單位。一九七六年正式頒布《十進制條例》，當中表明「香港法例所用的非十進制單位，最終須以國際單位取代」。港府又成立度量衡十進制委員會，向市民推廣和鼓勵改用十進制。

而早於一九七五年，即《十進制條例》出爐的前一年，運輸署率先修訂新交通法例。在改用禾貝斯交通標誌同時，準備淘汰英制單位路牌，包括長度距離、高度、闊度、速度限制等單位。最後運輸署在一九八四年八月二十五日短短三日公眾假期，一口氣更換全港所有速度限制標誌，而其餘的路牌則需要兩至三年逐漸更換。為免駕駛者因為公制和英制路牌並存而被混淆，當局在三日更換路牌期間，將全港道路的限速一律調低至時速五十公里，就連原先限速四十哩（約六十四點三公里）的屯門公路及東區走廊亦不例外。

更改前（英制）	更改後（公制）
30 哩（約 48.3 公里）	50 公里
40 哩（約 64.3 公里）	70 公里
碼（Yard）	米（Metre）
哩／里／咪（Mile）	公里（Kilometre）

為區分哩與公里單位，公制限速標誌均新增「km/h」字樣，是為過渡期間的路牌，直至二零零一年為止。

如果貿貿然轉換公制，車上的儀表板豈不是「廢了武功」？其實自政府宣布推行十進制以來，有部分新生產的車輛同時配備哩和公里的顯示。而儀表板沒有顯示公里的車輛亦不成問題，只要記住「30 mph = 50 km/h」、「40 mph = 70km/h」的規則就可以了。

有趣的是英國與香港一樣，在七十年代初計劃轉用公制，並預計在一九七三年可以全面更換全國的英制單位路牌。可是在一九七零年政府換屆後，新上任的保守派政府認為改公制會產生混亂和耗費巨額，最後遭到無限期擱置。這樣看來，似乎當時香港比英國辦事效率更高。

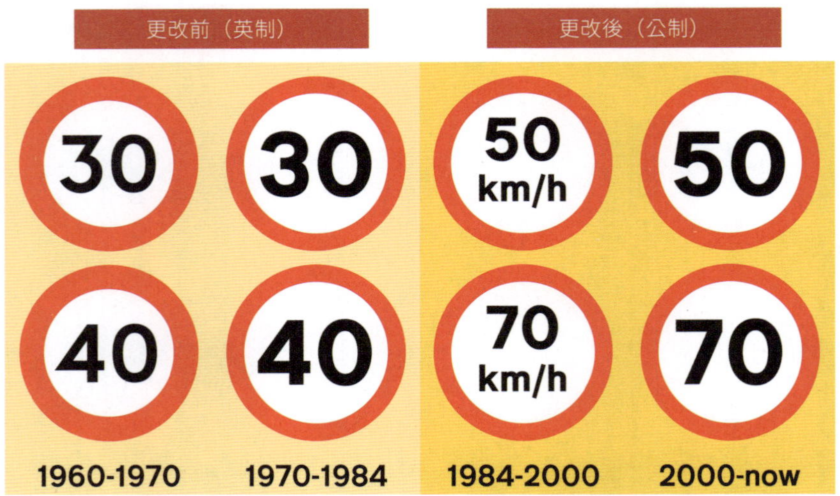

第四章

道路設計

香港除了交通標誌和道路設計師承英國外，還有道路通行方向——靠左駛，也沿自英國。不過，不是所有前英國殖民地或屬土都一律如此，例如埃及中東一帶地方，沿用了英國路牌設計，但沒有跟隨靠左駛的道路通行方向規定。雖然澳洲和紐西蘭的交通規則和道路設計依從美國標準，但卻保留靠左駛的習慣。

4.1 向左走？向右走？道路通行方向

筆者先在此釐清一個觀點，就是有不少人混淆「左行」和「左軚」。左行交通（Left-hand traffic）是指道路上的交通靠左行駛，而左軚（Left-hand drive）是指車上的軚盤位於左邊。

道路通行方向，顧名思義就是路面車輛靠一邊行駛。世界各國分為兩派——靠左駛和靠右駛，百分之三十四的國家及地方靠左駛、百分之六十六靠右駛。例如香港及英國靠左駛，而中國及美國則是靠右駛。一個國家靠左駛或靠右駛，總是離不開它的歷史背景和政治因素。

左行起源

在古代歐洲、日本，人們習慣騎馬時靠左行，因為大部分人都是右撇子，而他們習慣用左腳踩鐙上馬，故此左邊

上落馬較為方便。不論是歐洲騎士或日本武士，都會在身體左邊放置佩劍或佩刀，右手持劍、長矛或刀；這樣亦有利和迎面而來的敵人戰鬥。

在中國，春秋戰國後歷代都以左為尊。當主人迎接人客時，都習慣在馬路左邊等候，稱為「左迎」。是因為古人都習慣靠左行，而當大家都站在自己的左邊時，亦即是馬路的兩邊，中間就能留出一個地方以便行禮。

右行起源

人類自古以來都習慣靠左行，那麼為甚麼現今世界大多數國家都是靠右行駛呢？這就要追溯到十八世紀的法國，由於當時郵車及貨車業務較為發達，一般都配備兩隻馬；馭馬者通常右手持鞭的關係，需要坐在左邊的馬匹上，以便同時鞭策兩隻馬。由於馭馬者坐在左邊，如果靠左駛的話就難以看到對頭交通；所以當時郵車及貨車主要靠右駛，其他馬車靠左駛。及後法國貴族仍然延續舊傳統，在騎馬或乘坐馬車時都會靠左駛，又強迫第三等級人民讓路。於是法國大革命後，便廢除了象徵貴族特權的靠左行，自此規定所有車輛和馬匹都要靠右行。而拿破崙透過戰爭征服了歐洲不少國家，亦將靠右行的規定帶到了荷蘭、比利時、西班牙、意大利、奧地利等國家。而未被拿破崙征服的國家就保持靠左行的傳統。

相隔一個大西洋的美國，在英國殖民時期還是靠左行。但因為與法國一樣，有非常發達的郵車系統，同時為了與英國劃清界綫，美國在獨立後就改成靠右行駛。

左軚靠右駛？右軚靠左駛？

現今世界各國的交通規則列明，汽車的軚盤放在接近馬路中央的一側，副駕駛席靠近接近行人路的一側，亦即是「左行右軚」以及「右行左軚」。為甚麼會有對調的設計呢？

美國獨立運動後道路通行方向為靠右駛，而汽車主要為左軚。不過最早的美國汽車卻是右軚車，一九零三年出產的福特 Model A 汽車的軚盤偏偏安裝在右邊，原因是當時法例並沒有強制規定軚盤位置。後來亨利・福特在設計 Model T 時發現，留意對頭車位置比起留意道路邊緣更為重要，故此後來汽車軚盤就改放接近馬路中央的一邊。

一國多制：中國

早於清朝，中國就經已實行「一國兩制」，甚至是「一國多制」，說的是道路通行方向的多個制度。清朝末年中國被世界各國列強侵佔，各國亦同時將一些道路規則帶到中國。上海、浙江和廣東等地受英國和香港影響，主要習慣靠左行；而在山東等北方省份，因為受法國、德國、俄國、美國影響，則是採用靠右行之規定。

而晚清時期的《新聞報》在一九零八年三月十七日曾刊登一篇新聞，有兩個法國人駕駛汽車由上海到杭州觀光，在杭州城外發生交通意外，一名人力車伕被汽車撞死。法國人按照法國交通規則靠右駛，而對面的人力車習慣靠左駛，釀成意外。

滿清政府被推翻後，由於政局不穩，當時亦未有統一交通規則。直至三十年代，國民政府規定車輛必須靠左行駛，在滿洲國和日本佔領區亦是如此。然而，這個規定並沒有維持很長時間，二戰後國民政府考慮到世界各國都靠右駛，最後在一九四六年跟隨國際規則——靠右駛。

一國多制：香港與澳門

「靠左駛，自古以來就是香港不可撇棄的一個習慣。」在清朝、英治、日佔、特區政府時期，香港道路交通均是靠左行。香港開埠早期，港府未有就道路通行方向立法。但隨着路上越來越多轎及人力車，經常造成交通意外，港府最終在一八六三年立法規定路上交通要靠左駛。

而相隔一個珠江的澳門，與香港一樣都是左行交通。香港是因為英國的緣故才會靠左駛，那麼澳門都是一樣因為葡萄牙的緣故嗎？有趣的是，葡萄牙道路靠右行駛，與澳門完全相反。葡萄牙最初也是靠左行，但在一九二八年改為靠右行。不過澳門卻沒有跟隨宗主國的決定，主要是因為當時澳門進口香港和廣東的右軚車汽車，兩地都習慣靠左駛，澳門自然沿用這規定。

然而港珠澳大橋卻與港澳兩地唱反調，沒有配合港澳的靠左駛，卻是套用中國的靠右駛規則，於是出現「香港靠左駛，大橋上靠右駛，到了澳門又變回靠左駛」的奇怪情況。不禁令人想到，香港和澳門回歸中國五十年後，會否改成靠右駛呢？

香港能夠改成靠右駛？

改成靠右駛聽起來似是天方夜譚的概念，細想一下，轉換道路通行方向真的可行嗎？

一九四五年二次大戰完結後，瑞典是唯一一個靠左駛的歐洲大陸國家。因鄰國先後更改行車方向，瑞典政府曾多次提倡道路交通改為靠右駛，然而建議不受瑞典民眾歡迎。一九六三年，瑞典議會修例通過更改行車方向，並在一九六七年九月三日正式實施，史稱「H日」（Dagen H）。更改行車方向後，斯德哥爾摩的路面電車列車需要改造結構，月台亦需要重置，電車一度被巴士取代。最後在一九九一年，斯德哥爾摩路面電車才重新通車。

至於港人熟悉的日本，同是引入英國的交通法例，故與香港一樣都是靠左駛；只有沖繩曾經有一段時間是靠右

港珠澳大橋是香港境內首條靠右駛的快速公路。（Ching Yin Yau 攝）

行駛。一九四五年六月二十四日，隨着沖繩島戰役結束，沖繩被美國佔領。美國為免額外花費改裝軍用汽車，而更改沖繩行車方向。儘管一九七二年，美國把沖繩歸還日本，仍然維持靠右駛之規則。當時日本政府為了遵守《一九四九年維也納道路交通公約》「一國一交通制度」要求，繼而開始研究統一行駛方向。當時日本有分析指，日本本土應跟隨沖繩靠右駛的規則，從而與世界各國接軌。惟日本本土的道路網絡已發展成熟，改至靠右駛需要動用大量公帑、人力、時間，並不划算。最後日本內閣通過全國靠左行駛的決議。

沖繩縣在一九七八年七月三十日正式更改行車方向，史稱「730日」。由七月二十九日晚上十時起，一律禁止所有車輛通行（緊急車輛除外）。並在八個小時後，即翌日六時重開道路，正式統一靠左行駛。沖繩縣能在短短八小時內更換全縣道路指示牌及路面油漆，主要是因為沖繩縣當時未有路面電車，以及得到全國各警區派出大量增援協助。

那麼為甚麼中國不依照《一九四九年維也納道路交通公約》的「一國一交通制度」原則，統一香港和澳門的道路通行方向呢？因為中國實際上沒有簽署公約，只有香港、澳門及台灣有簽署。筆者曾經想過，如果有一天，香港要改變道路通行方向，實際上可以嗎？要改變方向，需要全面重新規劃道路網絡、重建部分天橋、交滙處、購入新巴士，花費鉅額，恐怕是天方夜譚。●

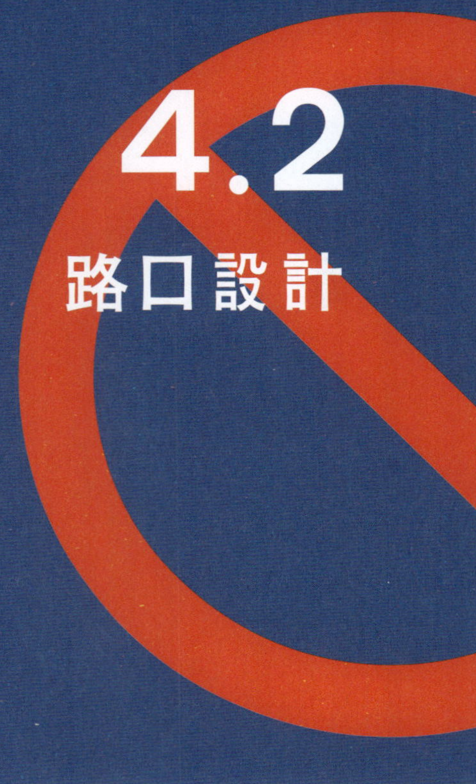

4.2 路口設計

相信有不少朋友也會察覺到，往美國、日本、台灣及澳洲等地旅遊時有一個奇怪的情況，行人在綠燈橫過馬路時，旁邊的汽車亦同時轉彎駛入。這情況不是汽車衝紅燈，而是行人和車輛同時都是綠燈。香港採用英式路口設計，從來不會有這個情況，而外國大多數地方都是採用上述美式路口設計。為統一概念，本篇提到的路口設計均以港人熟悉的靠左駛為例來說明。

典型的美式路口設計，同一方向的行人和車流都會同時綠燈；汽車無論是直行、轉左還是轉右都是綠燈，不過必須先讓路予行人或對面車輛。好處是能夠提高效率，在無行人過路時能讓車輛順利轉彎。不過亦有不少缺點，當車輛讓大批行人橫過馬路後，經已轉到黃燈，將減低轉彎的車輛流量，在人多車多的路口容易造成擠塞。如果駕駛者不

禮讓，更容易發生交通意外。

而英式路口完全將行人與車輛時段隔開，行人與轉彎車流不會同時綠燈。雖然完全保障行人過路安全，不過在車多情況下或會造成擠塞；必須加長轉左的行車綫以容納車流，又或者增加多一條轉左的行車綫。改良版就是把行人過路綫一分為二，半段予行人過路，而另外半段則予車輛轉彎。除了能夠保障行人安全，同時也提高交通效率。

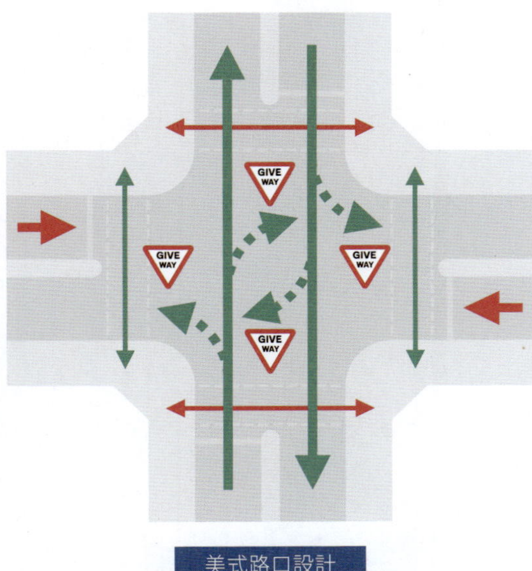

美式路口設計

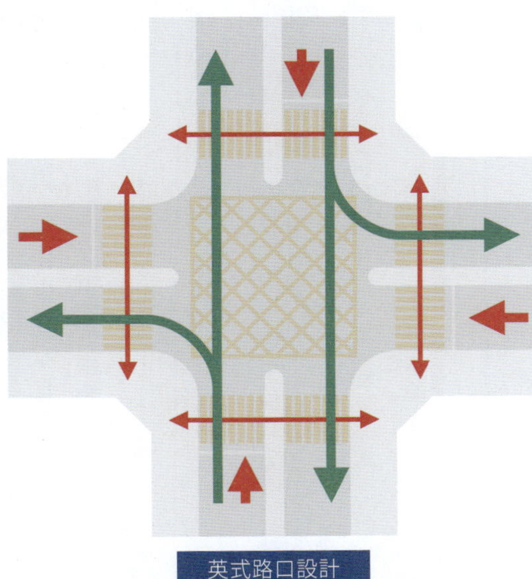
英式路口設計

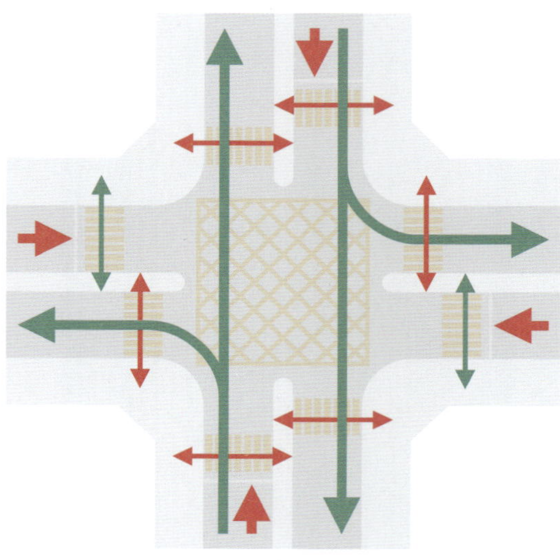

香港常見的英式二段式行人過路綫

美式特色：紅燈可轉彎

香港駕駛者對紅燈可轉彎的規則或會感到匪夷所思，有些地方真的可以「合法衝紅燈」！正確來說，是允許車輛在紅燈時轉彎（Turn on red）。例如美國有不少路口都允許車輛在紅燈時轉右，不過必須先在燈位停下來讓路再轉右（對應靠左駛則是轉左）。美國普遍都允許紅燈轉彎，尤其在車流量少的路口，毋須車輛長期等候，提高通行效率。

採納美國標準的澳洲亦不例外，在紐修威、昆士蘭、南澳州三個州份也有紅燈轉左的規則。不過與美國不一樣的是，澳洲只限於特定路口才允許紅燈轉左。南澳州原先有不少紅燈轉左路口，但隨着交通燈改良以交通流量自動調節時間，開始逐步廢除此規則。

紅燈可轉彎
① 使用最左綫。如紅燈亮起，先停在白綫前。
② 確認前面沒有行人橫過馬路後，駛至路口前確認右邊沒有車輛後轉左。
③ 到達目的地。

澳洲特色：左綫轉右

「左綫左轉、右綫右轉」似乎是交通常識，人人皆知。澳洲有一款路牌上寫「LEFT LANE MUST TURN LEFT」（左綫必須轉左），感覺像「你阿媽是女人」般多餘。但其實設立的原因是澳洲有一些路口，轉右必須用左綫。沒錯，你沒有看錯。筆者第一次到澳洲時都感到大開眼界，一直在想「到底是哪個聰明人發明的？」

在澳洲，「左綫轉右」的正式名詞為「Hook turn」。如駕駛者欲轉右，就需要利用左綫，在綠燈時停靠左路口的左邊，等待原本右線直行的車輛通過後再轉右。不過，到底澳洲是受了甚麼刺激發明 Hook turn？原來澳洲早於二十世紀初就有 Hook turn，而且是唯一的轉右方式。後來雪梨及紐卡素在一九三九年引入國際標準「右綫轉右」，墨爾本亦在一九五四年逐步改用新規則。不過墨爾本市中心不少路口因為早期規劃所限而無法改良，仍在與電車交界的十字路口維持 Hook turn 的規則；令墨爾本成為澳洲 Hook turn 的「代表」。

澳洲的「左綫轉右」標誌

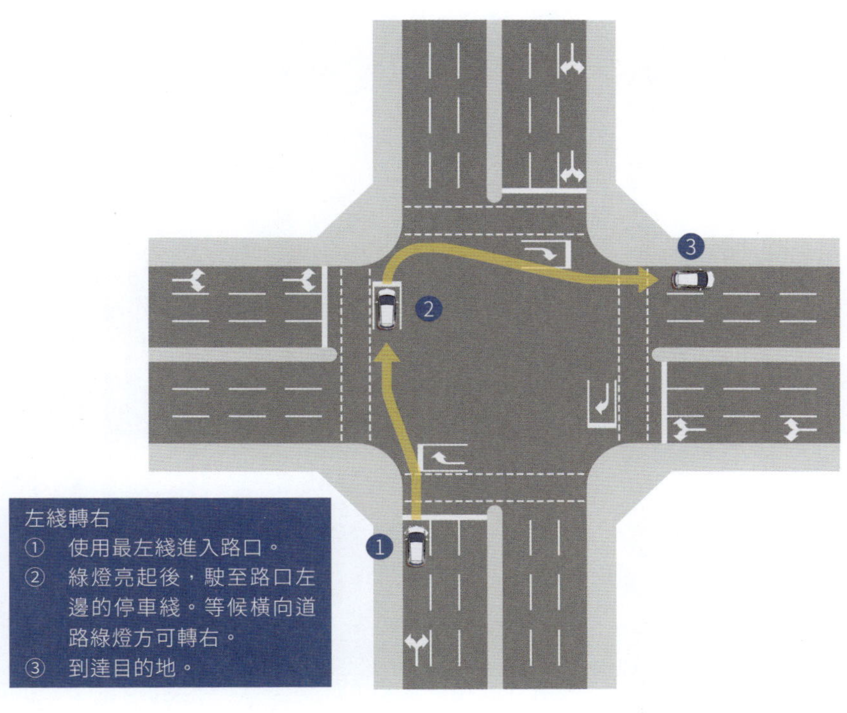

左綫轉右
① 使用最左綫進入路口。
② 綠燈亮起後，駛至路口左邊的停車綫。等候橫向道路綠燈方可轉右。
③ 到達目的地。

Hook turn 之所以會出現，是過往有一些電單車在轉右時被對面車輛撞倒，因而改作分段轉彎；而台灣因為電單車高度普及，為保障駕駛者而設立台版 Hook turn：「機慢車兩段左轉」。不過此規定亦引起一定程度爭議，不少駕駛者認為 Hook turn 比起正常轉彎更易引起交通意外。台灣新北市在二零一八年進行改善計劃，取消二十六個 Hook turn 路口。

台灣的「機慢車兩段左轉」路牌。（Ka Ming Ko 攝）

治本之舉為設立轉左支路。

治本之舉：轉左支路

其實所謂「紅燈轉左」、「左綫轉右」都只是權宜之計，通常是只能設於低流量的路口上。如果高車流量仍然採用此規定，即使受限於環境因素而無法改善，也勢必造成交通擠塞。要治標又治本，其中一個方法就是為轉左設立支路，概念改善自「紅燈轉左」，支路提供充足視野留意主路的車輛。

4.3 迴旋處

文：邱益彰、李沛強

隨着城市發展，道路交通流量迅速增加。為應付龐大的車流，除了運用燈號間斷地作交通控制外，無間斷和無燈號的交通管理方式亦因城市快速公路的普及而出現，例如迴旋處及不同類型的交滙處。迴旋處是最基本的道路交滙處形式，多種走線的交滙處也由此發展，疊加成不同平面的立體交匯處。

迴旋處的優點

相信不少道路使用者都聽聞過迴旋處有很多陷阱，在香港更是交通黑點。很多司機都謹慎使用迴旋處，甚至避而行走其他道路。其實迴旋處好處多，遵循交通規則使用迴旋處比起傳統路口更為安全。

迴旋處比起普通路口安全，衝突位較少。以單線雙程的十字路口為例，迴

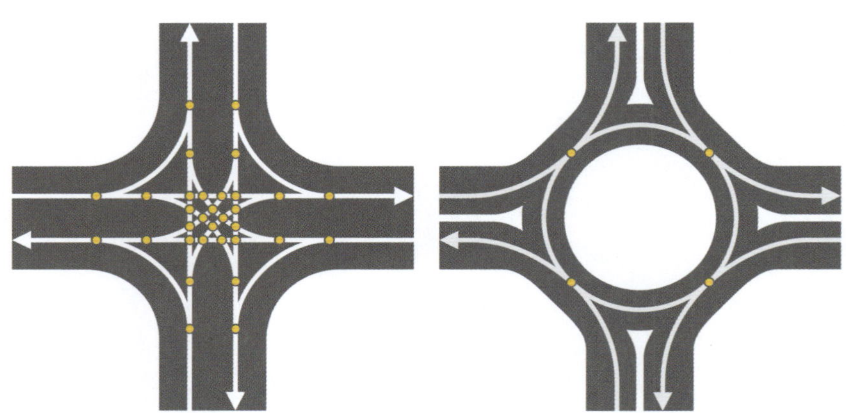

黃點為衝突位置，以最普通的雙綫雙程路為例，
十字路口（圖左）的衝突位多達 32 個，而迴旋處（圖右）只得 4 個。

旋處只有四個路口衝突位。在一份美國研究顯示，迴旋處能減少百分之三十九的車輛碰撞意外。

而澳洲為了遏止在近郊社區的超速行為，將一些內街路口改建成迴旋處。因為這些內街較窄，設置迴旋處後，路面寬度減少、司機須要扭軚。車輛因使用較低車速行駛，進而控制噪音及杜絕超速問題，路面更為更安全。

設計靈活

由於迴旋處是環形路面，比起傳統燈號控制的路口更能靈活地設置各方向的出入口，同時提供一個讓車輛掉頭的位置。燈位等待轉右的時間一般較長，而迴旋處則不受燈號影響。

在城市設計上，迴旋處是一個常見的城市設計元素。許多環島設廣場、

園景及公園，如在美國華盛頓哥倫比亞特區，建築師 Pierre Charles L'Enfant 在設置好首都的主要道路網後，再於大型的大道交滙點及廣場設置迴旋處，作城市景觀點綴。

於十九至二十世紀初非常流行的花園城市（Garden City）概念，提出分散各類區域於中心四方，再用軸線及圓周連起。這樣的城市設計概念大大地影響了多個城市的設計，尤其是新設首都，如澳洲堪培拉，可看到「中心——發散軸線——區域中心」的發展概念，迴旋處就正正設於各中心的中央作交滙。

新市鎮塞車元兇

迴旋處同時亦存在不少缺點，香港新市鎮普遍都設有迴旋處。特別是在快速公路的出入口均以迴旋處交滙，確保車輛繼續行走，不會因等候交通燈而倒灌至快速公路。不過近年在元朗和上水等新市鎮經常出現大塞車情況，而迴旋處其實是元兇之一。

車輛駛入前必須讓路予迴旋處主路的車輛，如果主路車流一直源源不絕無間斷地駛過，車輛無法駛入迴旋處，從而導致擠塞並將車龍倒灌至公路上。例如元朗博愛及十八鄉交滙處、上水大頭

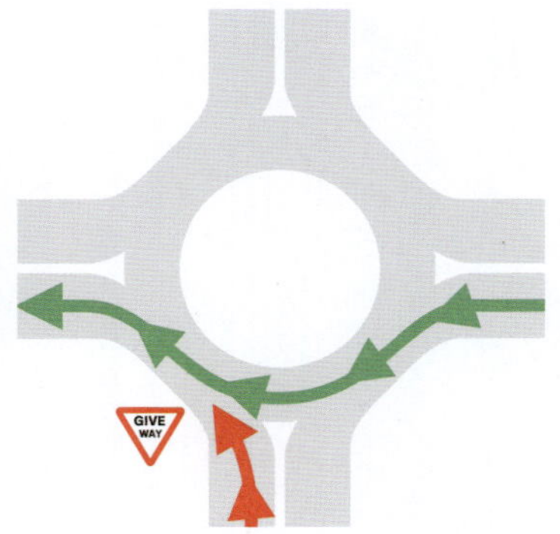

車輛（紅箭嘴示）駛入前必須讓路予迴旋處主路的車輛（綠箭嘴示）。

嶺及雞嶺交滙處，車流量已超出迴旋處的容量。而當局亦着手改善交滙處，如加建支路引導部分方向的車流。

不得太小或太大

在設計迴旋處時必須十分嚴謹，如果迴旋處太小會造成安全問題。澳洲一些用作減速的迴旋處半徑只得三至四米，太細的迴旋處令途經的巴士、重型車輛造成不便，經過時更會上壆。

但迴旋處太大又會造成問題，例如元朗錦綉迴旋處其半徑達自七十米、設三條行車綫。雖然大型迴旋處可以提高車輛的速度，但同時因為高速會令司機未能看清楚交通情況，而且車輛越過多條行車綫又會造成危險。

錦綉迴旋處為全香港最大型迴旋處。

澳洲典型由十字路口改建的小型迴旋處。（Kin Long Lee 攝）

傳統劃綫 vs 螺旋式劃綫

傳統劃綫迴旋處即是指，在兩條或以上行車綫的迴旋處，劃綫環繞迴旋處一圈。是世界各國典型的設計，無論香港和外國都會找得到。但是這種劃綫未能清晰引導車流有效地利用迴旋處。

為解決傳統劃綫容易造成意外的問題，在一些國家如美國和澳洲開始改善迴旋處的劃綫，並出現新款的螺旋式劃綫。這種劃綫把迴旋處當作道路的延伸，規則亦簡單易明：轉左用左綫、轉右用右綫、直行兩綫均可用，能減低司機選定行車線的煩惱。司機只需沿地面的行車線標記前進就可，沒有傳統式的「內線切外線」的問題。

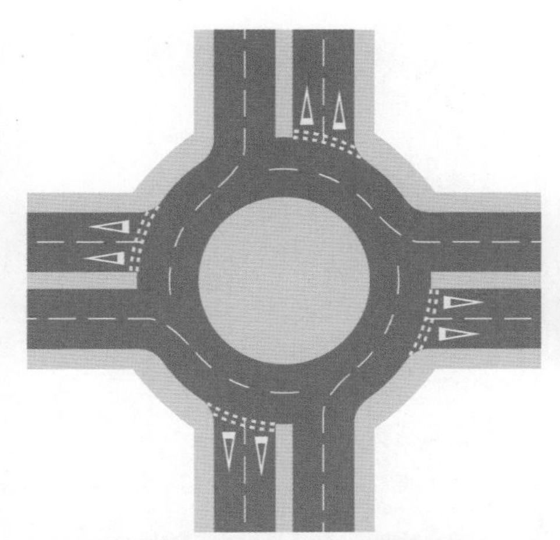

螺旋式劃綫迴旋處

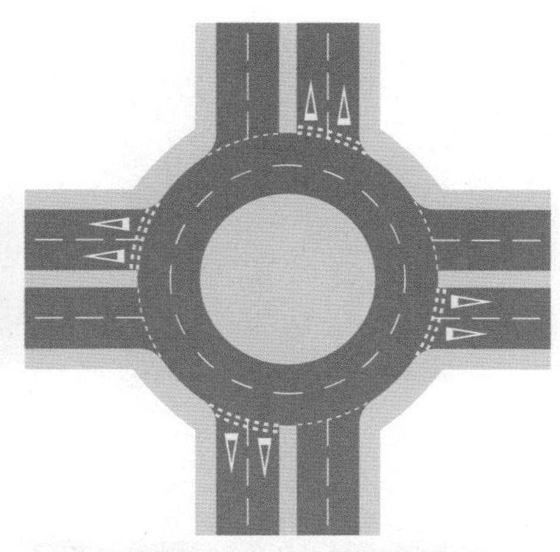

傳統劃綫迴旋處

魔法迴旋處

在英國史雲頓有一個非常著名的迴旋處，名為魔法迴旋處（Magic Roundabout）。魔法迴旋處由五個小型迴旋處組成一個大型迴旋處。司機既能順時針、又能逆時針使用。這個迴旋處造型複雜，曾被評為全英最恐怖的交滙處。但根據二零一零年的 *National Cooperative Highway Research Programme* 指出，魔法迴旋處特點是以極低速的行車速度，提升迴旋處的安全程度，更減低七成半的交通意外。

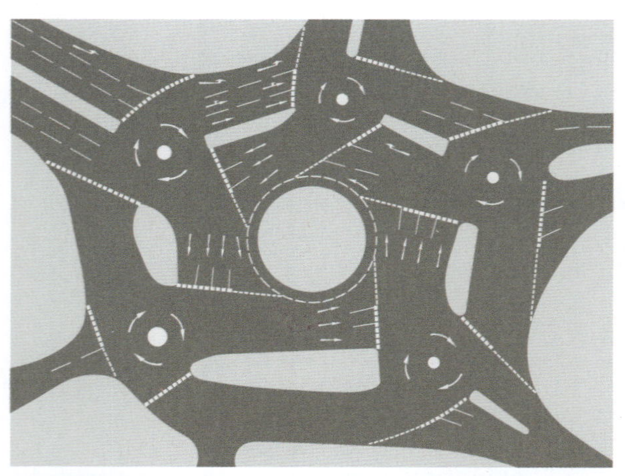

魔法迴旋處

4.4 立體交滙處

文：邱益彰、李沛強

交滙處可分成平面和立體兩種。平面交滙處即是傳統型的十字路口及迴旋處，讓不同方向的車輛共用一個交叉點。而立體交滙處就是將各個方向的路綫獨立出來，把車流交叉點分離，令車輛無需讓路或停燈，提高交通流量。

立體交滙處一般設立在快速公路的出入口，及繁忙道路的交滙點，以確保車流暢通無阻。香港市區高度發展，一些道路地段亦建設行車天橋或地下通道避開交滙點。上文提到，有些迴旋處不能承受新市鎮所帶來的龐大車流；而香港亦有好幾個迴旋處因無法應付車流量而改建成立體交滙處，例如將軍澳、屯門杯渡路等。由於香港不是每種交滙處都有官方命名並刊憲作實，以下列提到的交滙處以俯視形狀命名。

交匯處圖例

加或減速綫 (Highway Ramp)

出入公路時的一段加速或減速的行車綫。香港運輸署在《道路使用者守則》中定義為加或減速行車綫。視乎道路的建築年份及所採用的標準，通常早期的幹道、公路的加或減速綫比現有的短及轉彎半徑較小。

定向引道 (Directional Ramp)

在靠左駛的地方，與期望的行駛方向相同，或直接駛至出口的引道，即主車道左方作左轉或是主車道右側作右轉的引道。

不定向引道 (Non-directional Ramp)

在靠左駛的地方，與期望的行駛方向相反或轉折的引道。

半定向引道 (Semi-directional Ramp)

在靠左駛的地方，於左方出口作右轉的引道。

交織道 (Weaving)

於主綫分隔出來作滙出滙入，及其他非作主綫用途的道路。

喇叭型交滙處
Trumpet Interchange

喇叭型交滙處在香港廣泛建設使用，多見於擴展市區、早期新市鎮及較低使用率的公路出口。後來，隨着其他交滙處的出現，近年較少用作新建公路出口，主要因為迴轉引道設計非常浪費土地。

喇叭型交滙處（參看後頁）是三個方向交滙處的一種，設計簡單，多設於一個道路或幹道完結點與主幹道或高速公路的交滙。因高空望下形狀似喇叭而得名。下方喇叭口連接主道的一側，作主道方向的出口及入口，而往主道另一方向就以架空形式或從主道下方橫越，並設迴轉彎道連接主道。迴轉螺旋是用作主道出口，還是主道的入口，視乎建設點地形、交通流量優先度而定。迴轉的轉彎半徑大小亦與速度、地形及建設空間有關。

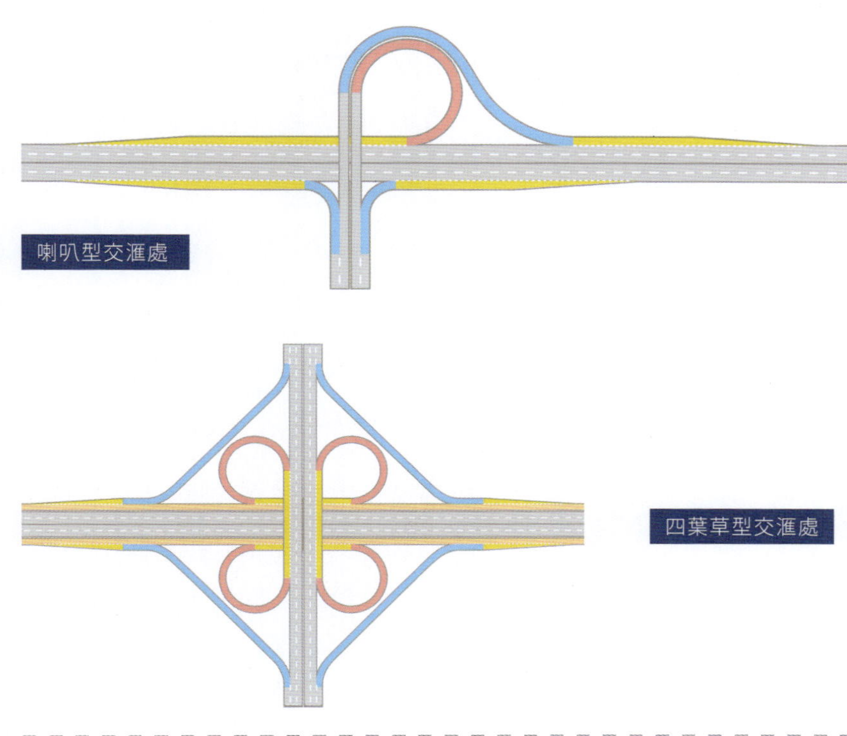

四葉草型交滙處 Cloverleaf Interchange

四葉草型交滙處，顧名思義是俯視時呈四葉草狀，公路主綫設於中間軸綫，交界的四角設迴轉及斜角引道車輛駛出主道及滙入另一主道，可看成是四方向的喇叭形狀。

外國通常是四方向的標準設計，但因為香港公路數目少、里程距離短、城市發展程度高，故此不需每個方向都設置引道，因而出現了變種版的交滙處，只提供個別方向的引道。

這種交滙處雖被廣泛使用，但由於在同一主道設置兩條迴轉引道，進入主車道及滙出主車道的車流，會於加速綫相交，造成相衝及安全問題，亦引致車道擠塞，如獅子山隧道公路龍翔道出口的情況。

某些公路發達的國家如美國，會將滙入滙出公路引道設於交織道

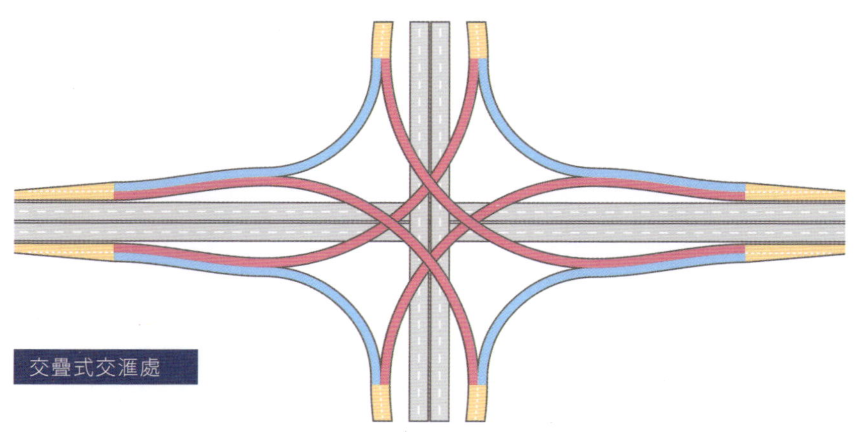

（Weaving），或劃分行車綫，隔開主車道，分流交滙與主車道的交通；而不設交織道的做法（即直接以引道設計分開滙入和滙出主道）也常見。

交疊式交滙處
Stack Interchange

交疊式交滙處在美學角度而言，沒有如其他交滙處般融入幾何設計，引道只是利用不同平面交疊，常用於快速公路的交滙引道。在俯瞰角度上，這些行車天橋就像絲帶或意粉般交疊一起，看起來十分混亂。交疊式交滙處於美國非常普遍，當地州際公路系統的交滙處更會疊成四至五層，甚至與地區幹道一起交疊六層，成為美國公路的特色。

交疊式的優點是多數以半定向或定向引道設計，其轉彎的半徑比較大，所以平均的車速較高。但缺點是行車天橋爬坡斜道較斜，同時亦令交滙處週邊地區構成景觀障礙。

T 或 Y 型交滙處
T or Y Interchange

T 型、Y 型和前文提及的喇叭型一樣，也是三方向交滙處，平面形狀似 T 字或 Y 字。因為沒有喇叭形的迴轉道，故此引道車速較快，缺點就是佔地較廣及比喇叭型多交疊層數。

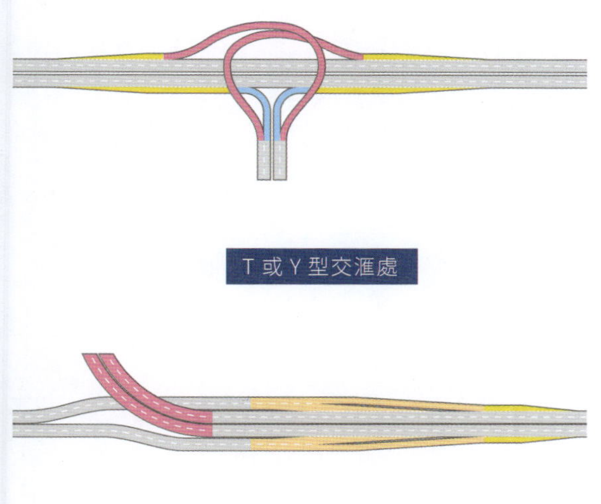
T 或 Y 型交滙處

鑽石型交滙處
Diamond Interchange

鑽石型交滙處是最基本的交滙處形式，在世界各地十分常見，多見於公路轉入地區一般幹道的交滙處，俯視呈鑽石型或撲克牌中的階磚圖案。主路於中央貫穿，設公路出口引道斜出並與另一垂直的幹道相交。其中，引道交滙點會設道路標綫或交通燈號控制交通，視乎該地段的交通流量而定。在香港，鑽石型交滙處多見於早期公路發展地方，其中以沙田區及屯門區較多見。不一定提供全部方向的引道也很普遍，如只設往市區滙入公路及返市鎮的公路出口。

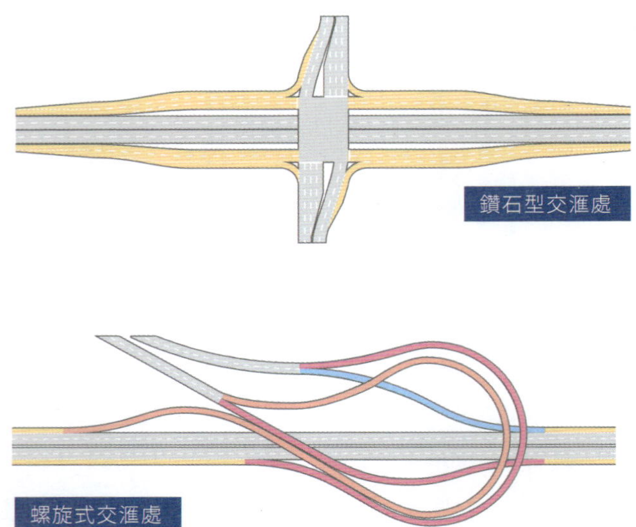

螺旋式交滙處

Spiral Interchange

由於香港的地形長狹，設計市區交滙處時給予工程師很大的挑戰。一些高速道路受地形及已建城區所限，可利用建設平直引道的平坦土地不多。同時，若兩條幹道不是垂直相交，交滙處設計便需拉長呈X形。一方的引道或走綫因設計車速、斜道配置及地理位置關係，設計成一個大螺旋，與銳角喇叭型非常近似。

4.5 快速公路

分隔道路（Dual Carriageway）與快速公路（Expressway）有何區別？道路中間設有中央分道帶（Central Reservation）的就是分隔道路，車速甚高的快速公路亦屬分隔道路；以中央分道帶分隔兩邊方向的車流。分隔道路隨處可見，例如告士打道、龍翔道及窩打老道。分隔道路不一定是快速公路，但一般都因屬繁忙道路而需要隔開來回車流。分隔道路和快速公路最大分別是，普通的分隔道路會設有路口交滙、紅綠燈及行人過路綫，而快速公路則沒有。

那麼，快速公路和高速公路的分別何在？就法定層面而言，香港並沒有高速公路，只有快速公路，而且只有符合《香港法例》第374Q章《道路交通（快速公路）規例》定義的道路才屬於快速公路。快速公路具備分隔道路條件，通

快速公路均會放置此標誌。

分隔道路將兩邊車流分開，但不一定是快速公路。

常設有路肩供緊急情況下停靠；時速限制為 70 km/h 或以上，最高為 110 km/h。

而高速公路只是坊間俗稱，但其實也可以指，無被列入快速公路範圍但具快速公路條件的道路。例如西九龍公路奧海城以南路段速度限制為 100 km/h、干諾道西天橋速度限制為 80 km/h，均無被劃入快速公路範圍；在這些情況下，即可以稱之為「高速公路」。

除越過前車外　靠左駛

快速公路最少有兩條行車綫，車速較慢的車輛如巴士或貨車必須使用左綫，駕駛者如需爬頭時則使用右邊的行車綫；故左綫及右綫亦有「慢綫」和「快綫」之稱。不過亦有不少人誤

西九龍公路奧海城以南路段速度限制為 100 km/h，但不屬快速公路範圍。

解快慢綫的用途，誤以為重型車輛行左邊、輕型車輛行右邊。

而快速公路每隔一段距離，就會有一塊印上「除越過前車外　靠左駛」提示路牌。法例規定，任何車輛應該時刻靠左駛；越過前車時必須使用右邊綫，超越前車後應盡快駛回左邊綫。如果長時間停留在最右綫，或利用左綫越過前車均是違法；不過往往有不少司機無視這個規則，以不高的車速長留在快綫，被網民稱為「快綫L」。

需要留意的是，由於港珠澳大橋香港連接路為靠右行駛，與香港其他道路相反，故此路牌印上「除越過前車外　靠右駛」。

港珠澳大橋香港連接路為靠右行駛。

法例規定，快速公路上所有車輛均應時刻靠左駛。

香港首條快速公路

戰後香港人口急速膨脹，港府遂於新界發展衞星城市（現稱新市鎮）。屯門新市鎮距離九龍市區甚遠，單靠舊有青山公路無法負荷新市鎮龐大車流；繼而於一九七八年五月五日，香港首條快速公路——屯門公路，正式誕生。

不過其實屯門公路並非一條合規格的快速公路。主要原因是早期缺乏先進技術，加上屯門公路工程難度極高，需要沿彎曲的海岸綫興建，且岸邊平地少，沿途須挖開大量山坡和建造不少路堤、橋樑同暗渠。一條合規格的快速公路每條行車綫闊度為三點六五米，但進行改善工程前的屯門公路行車綫闊度只有三點三至三點五米不等。

一九八五年，貫通大埔和沙田的吐露港公路通車。比起曲折的屯門公路，吐露港公路顯得寬敞筆直，亦成為香港首條具現代規格的快速公路。除了設路肩之外，亦開始加入園景設計，新公路建成時並不像以往只有一片草地、黃沙。吐露港公路種植樹木，有特定美化園景設計的交滙處、架空天橋基座以及公路綠地緩衝等等。

香港的快速公路

目前香港共有十條主要幹綫，例如由香港仔到沙田的一號幹綫、新界環迴公路的九號幹綫等。這些主要幹綫通常具備分隔道路的條件，卻不是全部屬快速公路路段。例如窩打老道屬於分隔道路，但途中設有紅綠燈和路口交滙，故此不屬快速公路範圍。

曾屬四號幹綫的干諾道中。

彎曲路斜是屯門公路一大特色之一。

首條具現代快速公路規格的吐露港公路。

主要幹綫不一定是快速公路，同樣地，快速公路亦不限於主要幹綫。例如大埔完善路、竹篙灣公路、沙瀝公路等被劃入快速公路範圍，但沒有歸入任何一條主要幹綫。

或許你會發現，部分行車隧道車速甚高，如西區海底隧道和大欖隧道時速限制為八十公里，為甚麼不屬快速公路路段？快速公路要求所有車輛除越過前車外，必須靠左駛。而絕大部分隧道均劃上雙白綫，禁止車輛換綫，故此並不符合快速公路的法定要求。

順帶一提，「快速公路」一詞在一九九一年才正式定義為法定名詞。過往政府將其稱呼為「主幹路」、「高速路」、「快速路」等。

第五章

監獄體路牌
記載的香港故事

在囚人士以絲網印刷法製作交通標誌，路牌的獨有人手字體亦被稱為「監獄體」。（《香港年報》一九八三，政府新聞處提供圖片）

STOP
Pok Fu Lam
薄扶林道
Bonham
般咸道
into
Wong Chuk Street
不准左轉入
黃竹街
URBAN
CLEARWAY
One way
單程路
only
2 lanes
兩線

5.1 監獄體計劃目的

文：邱益彰、吳灝民

相信大家都知道，香港路牌的標準英文字體是 Transport。你知道現時中文採用甚麼字體嗎？如果大家有留意道路研究社的文章或訪問，應該知道現時香港路牌中文字體是「全真字庫（港人版）粗黑」，通稱「全真粗黑」。然而全真粗黑是一套電腦字型，那麼在路牌設計工序電腦化前，究竟是用甚麼字體，又有沒有一個標準去依循呢？

「【港訊】監獄當局與工務司署簽訂一項協定，規定港九所有路牌及交通牌，今後將全部由赤柱監獄囚犯製造，將為赤柱監獄增加二十萬餘元的收入，該路牌及交通牌以前原由商家承造……」

（《華僑日報》，一九七零年十月十三日）

一九七零年，監獄署（今懲教署）接受工務司署委託，為港九各道路製造路牌及交通標誌。至今，包括路牌、街道牌、垃圾桶，又或者政

路牌上英文字體為 Gill Sans，中文為監獄體。

府合署內的指示牌、傢俬、公務員咭片、圖書館書籍的硬皮釘裝都是出自監獄在囚人士之手。

「現時，赤柱白沙灣懲教所設有兩個標誌製作工場，星期一至六都有八十名在囚人士製作路牌，幾乎全港的路牌和交通標示牌都由他們一手包辦。每年平均製作七千個路牌和一千五百平方米的方向指示牌。他們也和打工仔一樣，有人工，有時仲要開OT。」

（《香港01》，二零一七年二月二十五日）

自九十年代中期，懲教署逐步改用電腦設計及製作路牌。最終於一九九七年五月，電腦正式全面取代人手排版及造字工序。而電腦化前，監獄內在囚人士所造路牌之中文字體，則被稱為「監獄體」。在囚人士使用刀具在金屬板上㓥上漢字，因為當時路牌上的漢字並未標準化，故此監獄體比起電腦字型雖然比較粗糙、岩巉，同一段文字的字重（相對於字高的粗幼）可能不一；但是在全人手製作下，仍能保持齊整、平衡，所需要的技術真的一點也不簡單。

監獄體見證香港時代變遷，每一塊舊路牌都可以發掘到地區發展故事。閱讀監獄體路牌上的異體字，及傳承字形（又稱「舊字形」），可以得知電腦普及之前人們的寫字習慣。二十二年過去，隨着越來越多新

道路通車、翻新工程開展、社區重建、路牌老化，帶着舊時代風采的監獄體路牌逐步被新製的電腦路牌取而代之。電腦普及所帶來的字形統一，使大眾忘記異體字的存在，甚至有區議員認為監獄體是錯字，去信要求路政署改正。消失的不只是舊路牌或是一種字體，而是整個香港的情懷。

在二零一六年十月，我們發起「監獄體再現計劃」，計劃以照片記錄全港的監獄體路牌，同時將如此富香港特色的監獄體數碼化，製作成電腦字型；讓監獄體透過新科技再次重現大眾眼前，令囚犯的心血可以永久保存。由於不少人認為監獄體的異體字和傳承字形是錯字，這個計劃希望讓人摒除所謂「錯字」的觀念。有人或會說「舊嘅唔去，新嘅唔嚟」，香港作為一個與時並進的社會，不是應該送舊迎新嗎？儘管道路標誌上的文字需要高清晰度，監獄體可能在這方面的表現並不理想，但它曾經引領我們前往各個目的地，現在更是充滿懷舊感。今天路牌的刱字工序被電腦取締，舊式路牌亦正被取代，囚犯造的字慢慢消失。監獄體見證香港的蛻變，我們希望透過計劃，讓大眾知道舊路牌記載的香港故事。

監獄體的製作不僅是為了發佈字型本身，亦不單是為了設計一種電腦字型，而是同時記錄和重現香港的視覺歷史和記憶。即使某些字符可能看起來很奇怪，但這就是監獄體的樣子，美學與文化之間的平衡至為重要。

文：邱益彰、吳灝民

5.2 常規監獄體

自監獄體再現計劃啓動以來，我們不時收到讀者來訊，向我們提供監獄體位置。除此以外，亦有不少讀者問到，究竟如何分辨監獄體和電腦字型；或又是問，是不是看起來殘舊就是監獄體路牌。路牌簇新與殘舊，取決於位置和保養程度，不能單靠路牌新舊判斷。監獄體造型獨特，充滿個性，我們可以透過造型來辨認監獄體；除了因為是由人手剟字而成，獨一無二之外，字的外觀亦同時包含不少古典美。監獄體可按其特性分成幾類，本文主要介紹「常規監獄體」，即監獄體再現計劃所製作的監獄體電腦字型。

印刷字粒遺留造型：喇叭口

監獄體在筆劃造型方面，整個觀感較為尖鋒銳利。監獄體的筆劃均採用「喇叭口」，而且比一般有喇叭口的黑體大。喇叭口可以使筆劃末

端更醒目，令字體容易辨認。所謂喇叭口，其實是來自鉛字印刷的黑體鉛字字粒，受限於當時之技術，印刷出來的筆劃會收縮；為了解決此問題，製作鉛字粒時刻意在筆劃開端放大，形成喇叭形狀。

不過辨認監獄體不能單靠喇叭口造型，因為有部分監獄體完全沒有喇叭口。即使監獄體的喇叭口基本上都是從鉛字複製過來的，由於鉛字和監獄體製作工序不一樣，鉛字是雕刻而成，監獄體主要是利用㓤刀㓤出的貼紙作字嚟印模製作而成。故此，部分監獄體的喇叭口並不明顯，甚至不存在。其中或受手工技術所限，過於細小的字無需造出喇叭口作裝飾。

這塊位於清水灣道的監獄體路牌十分特別，跟隨監獄體的傳統寫法，卻沒有依照監獄體的喇叭口造型製作。（Toshiyuki Aramori 攝）

對比「坑口」和「將軍澳村」，下面「九龍」造型就沒有喇叭口。（Ching Yin Yau 攝）

將軍澳

監獄體有喇叭口

全真粗黑沒有喇叭口

將軍澳

粗幼一家親

現時流行的電腦字型，風格比較一致，不談甚麼結構、中宮，但至少字的粗幼統一。所謂粗幼，字體設計用語稱為「字重」，例如粗幼比例分作 Regular 及 Bold 等。文章可使用不同字重表達特定意思，例如粗體就是強調字眼。只要大家走在街上時，多留意路牌，或會發覺每塊路牌上的監獄體字重都有分別。甚至同一段文字上都會粗幼不同，這些粗幼並不是要強調某內容，只是手工製作成品不一的緣故。

監獄體的筆劃通常比較粗，適合用作標題字或大型標示。而結構簡單的字筆劃會較粗，反之結構較複雜的字筆劃會較幼。而其粗幼之對比度比其他字體為大。現代社會大家看慣了電腦字型，當一段文字體粗幼不一時，看上去或會有點不習慣；然而，粗幼不一，似乎更能顯出舊年代的風味。

最後在結構方面，監獄體一般來說中宮較緊湊，視覺中心亦一般較高；監獄體的結構配合其偏大的喇叭口，是造成其懷舊感的主要元素。

香港九龍新界機場

監獄體視覺中心較高，且高度不一。

香港九龍新界機場

全真粗黑視覺中心較低，完全一致。

「噸」字比其他字略為幼身，「五」字則比較粗。(Ka Ming Ko 攝)

全港最大塊的監獄體路牌，粗筆劃適合用於大型標示。(Wai Yin Leung 攝)

監獄體中文字配 Transport 英文字。

你能察覺這塊路牌有甚麼不對勁嗎？「假」字明顯比其他字幼，相信是因為筆劃較為複雜，在製作時將整個字筆劃變幼方便製作之故。而英文方面，其中 Park 的「 P 」與 Holiday 的「 d 」對調，看起來確實有點不協調。

（圖左）監獄體「S」字比其他字母粗，重心稍偏向右邊。

英文字體配搭

英國路牌 Transport 字體，亦約於七十年代引進香港，故此絕大部分的監獄體路牌均是配搭 Transport 字體。監獄體全人手製作，多多少少都能從觀感上分辨；歪歪斜斜、粗幼不分都是元素之一。但由於英文 Transport 字體有全套標準予以跟隨，整體而言英文部分較為整齊。

然而凡事總有例外，例如監獄體路牌上的「S」看起來就有一點彎扭。Wing Shun Street 中的「S」顯然比其他字母粗，而且重心稍為偏向右邊。製作彎曲的綫條本來就不簡單，要利用剘刀剘出就更難以掌握，錯有錯着，這種怪怪的感覺也成為了監獄體特色之一。●

5.3 其他監獄體種類

許多人認為舊路牌字體就是監獄體，雖然這個說法並非錯誤，因監獄體廣泛定義為——七十至九十年代末出產的路牌上以人手製作之中文字體，其中可細分成不同種類。現時殘存的舊路牌，主要以七十年代起出產的常規監獄體為主，不過仍然有少數舊路牌的字體與常規監獄體有異，筆劃更為尖鋒銳利，這批風格可以歸類為「工務體」；意即工務司署轄下工場生產的路牌中文字體。工務體可視為監獄體的其中一種，因為在監獄署接辦生產路牌後仍然存在約十幾年。

我們在網絡上翻查不同年代的照片，和觀察現時殘存的舊式路牌與交通標誌，大致把中文字體類型分成以下幾種。

中文字體	配搭英文字體	出現時間	用於
工務體一號	Ministry	1965 之前	梅培理標準路牌
	Transport	1965 - 1982	禾貝斯標準路牌
工務體二號	Ministry	? - 1983	梅培理標準路牌
常規監獄體	Transport	1970 - 1997	禾貝斯標準路牌

工務體一號

工務體一號——常規監獄體的前身

工務體分成三種獨特的風格，其中工務體一號與常規監獄體造型有相似之處，一般可視其為監獄體的前身字體。兩者同樣有喇叭口造型，不過工務體一號的筆劃比起常規監獄體更加尖鋒銳利，矚目的風格顯得格外霸氣和具時代感。

常規監獄體大致上與鉛字一樣，依照傳承字形原則。不過工務體一號寫法偏向手寫楷書，因此筆劃造型模仿楷書上闊下窄。工務體造型並不整齊，局限於路牌尺寸、技工手藝，使到部分筆劃歪斜，造就工務體如此獨特的風格。

一三主之二人低停全前務北十
南及口土在型埔場塘塢士大太
始字安小崗工巴彎慢斜新旋時
月有東東機櫃此步前水沿波浦
清灣特王用私站芳荃葵蒲蔽處
號行衣西親觀角請貨路車近迴
速過道金門開隧隱青面飛駛體

工務體一號

常規監獄體（左圖）與工務體一號（右圖）之對比。（Pak Hin Law 攝）

工務體一號

常規監獄體

位於葵涌一帶，最後一批工務體一號路牌，陸續於二零二零年至二零二三年退役。鑑於其歷史地位，路政署拆卸後已將其妥善保存。(Wai Yin Leung 攝)

早期的工務體路牌以中式「右至左」和「上至下」寫法為主。（Ka Ming Ko 攝）

後期的工務體改為西式「左至右」排法，英文亦改用 Transport。（Pak Hin Law 攝）

被遮蓋的工務體一號路牌，因颱風吹襲得以重見天日。（Pak Hin Law 攝）

老一輩的朋友或許仍然習慣中式「右至左」閱讀中文，香港大約是在六、七十年代開始流行西式「左至右」寫法。透過歷史圖片得知，工務體最早於一九六五年出現，當時仍然是中式寫法；直至一九七零年開始，新製路牌逐漸改成西式「左至右」。儘管如此，目前尚存的工務體一號路牌大部分均是「右至左」寫法，為香港中文閱讀方向的變化留下實證。工務體一號最後在一九八二年停產，自此被常規監獄體取代。

要數最經典的工務體一號路牌，不得不提到界限街。該處有一個龍門架路牌看似平平無奇，但其實內有乾坤。二零一七及一八年，颱風天鴿、山竹先後吹襲香港，將該龍門架上其中一部分路牌吹跌，竟然發現後面有一塊舊式「右至左」的文字，這文字就是工務體一號。由於字體以黑色膠牌剶出貼上，與路牌連成一體，外層再以透明膠片覆蓋保護，移除文字需要花很多工夫，故此當局只能夠釘上新的路牌遮蓋。多得颱風吹襲，才讓這個工務體路牌重見天日。

我們最初發現工務體一號時，感到非常懊惱，不知應否將其歸類為監獄體，一度曾以「霸氣監獄體」命名。後來透過不同歷史資料和圖片相互印證，發現是工務司署產物，遂命名為「工務體」。

工務體二號——揉合明體和黑體的美術字

比起工務體一號的霸氣黑體造型，二號則截然不同，外形帶一絲藝術感，纖細修長，猶如文化大革命期間流行的姚體，極具復古情懷。工務體二號整體上如明體般有襯綫，但橫筆像黑體卻沒有襯綫；既不是明體，亦不是黑體，只能夠說是揉合明體和黑體的美術字。

工務體二號主要用於梅培理標準的指令標誌上，由於香港早於八十年代全面改用禾貝斯標準，故工務體二號近乎完全絕跡；只能在荒山野嶺或是早期落成的私家路才見其蹤影。香港的梅培理標準完全複製自英國，圓形的指令標誌只印上英文，中文以附加資訊形式釘在標誌下面，其中文就是採用直行書寫的工務體二號。●

監獄體路牌時序

一九六五年之前
英文字體為 Ministry
中文字體風格為工務體一號

一九六五年
引入禾貝斯式路牌
英文採用 Transport 字體

一九七零年
工務司署委託監獄署製造路牌及交通標誌
出現常規監獄體（工務體一號演化而成）

工務體二號

梅培理標準「避車處」標誌，字體為工務體二號和 Ministry。（Pak Hin Law 攝）

（Pak Hin Law 攝）

◀ **一九七四年**
工務體二號逐漸停產

◀ **一九八二年**
工務體一號停產

◀ **一九八四年**
全港道路由英制改用公制
工務體二號消失

◀ **一九九四年**
為快速公路新增綠色試驗路牌

◀ **一九九六年**
引入電腦作路牌設計工序
英文電腦字型採用 Arial
中文電腦字型採用全真粗黑

◀ **一九九七年**
常規監獄體停產

◀ **一九九八年**
Transport 停產

5.4 路牌製作工序與小知識

現時街上看到的交通標誌或路牌，大多以貼紙製成。

樹底或橋底的路牌較難保養，容易日久失修，這是為甚麼呢？從事招牌行業多年的「李伯伯街頭書法復修計劃」發起人李健明（阿健）指出，兩個環境都有一個共通點，就是同屬太陽照射不到的地方。路牌在樹底下會受滴落的水漬侵蝕，潮濕環境有利青苔在路牌上生長。同樣地，橋底或是在繁忙道路上的路牌因塵埃積聚而顯得灰黑。

要知道為甚麼有些路牌容易變得殘舊，就要從路牌製作工序說起。製作路牌上的文字或圖案，主要有兩種方式，分別是貼紙和噴漆。不過因為保安理由，我們不能夠訪問懲教署的路牌製作工場。於是為了瞭解路牌的製作工序，筆者拜訪擁有多年製作模型經驗的「魔鬼樂工作室」創辦人李樂遙（樂仔），為我們示範一個路牌如何誕生。

貼紙路牌

現時街上看到的交通標誌或路牌，大多以貼紙製成。因為根據法例，現行交通標誌板路牌正面必須採用反光物料，使駕駛者在夜間缺乏燈光情況下，仍能清晰地閱讀路牌資訊；故現在生產之標準路牌均用上反光貼紙。

路牌或標誌主要由數層貼紙組成，一般為兩層或以上，最底層為路牌的鋁版，面層則是文字或圖案的貼紙。以「不准左轉」標誌為例，則分作四層。一些複雜的交通標誌，如「禁止載有危險品車輛」的標誌分作五層。

所需物料及用途

鋁板 (Aluminum Sheet)	路牌底板，現代路牌均採用金屬鋁板作底板，以抵受一定風力。一塊直徑 1200 毫米或以上的路牌，其鋁板厚度最少厚 3 毫米。
反光貼紙 (Reflective Sticker)	貼在路牌上的貼紙，如文字、圖案，現時法例要求貼紙必須反光，使車頭燈照射路牌後能清楚見到內容。以符合英國歐盟標準 12899-1:2001 規定，普通路牌須採用「第一參照級別」，而快速公路路牌必須符合「第二參照級別」。
繪圖儀 (Plotter)	現代路牌採用電腦繪製，需要繪圖儀在貼紙上剔出裂痕，予製作人員用美工刀剔出文字。在監獄體的年代，則利用人手、圖嘜及剔刀。
定位貼紙 (Locating Sticker)	協助移動已剔好的貼紙。
冷裱機 (Laminator Machine)	將貼紙滾壓在鋁板上。

步驟一 裁剪鋁板 (Aluminum Sheet Cutting)

製作路牌的首個步驟，就是把鋁板裁剪成所需形狀。例如圓形的指令標誌、三角形的警告標誌及四方形的路牌等等。

把鋁板剪成特定形

▼

步驟二 裱貼底層貼紙 (Pasting)

剶好鋁板後，貼上最底層的反光貼紙。如禁止標誌的底色為白色、路牌底色為藍色。監獄內現時仍然採用絲網印刷法，透過絲網染上特定色彩。

步驟三 繪製圖案或文字 (Drawing)

這個步驟屬設計工序，首先在電腦上繪製圖案、文字，再由繪圖儀剶出第二層的貼紙。在工序電腦化前，此步驟是由人手利用字嘜剶出貼紙。電腦化後令路牌更整齊，工序更簡便。

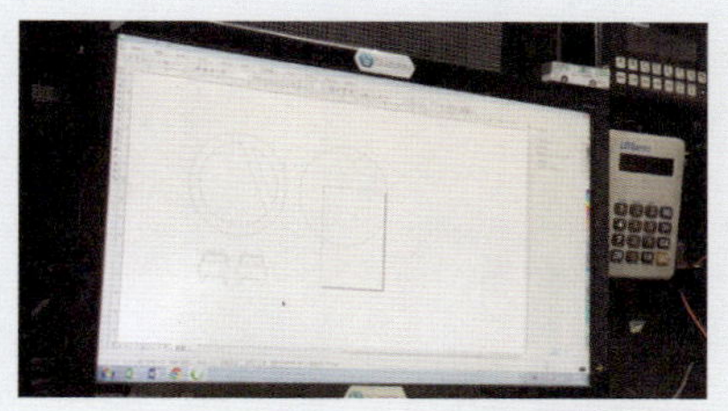

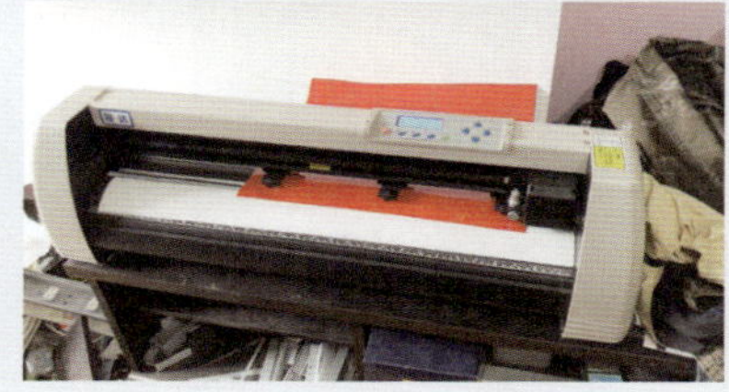

步驟四 剕出圖案或文字（Cutting）

貼紙印製完畢後，用筆形美工刀挑走多餘部分。在處理複雜圖案或文字時，需要更加留神，以免挑錯。

▼

步驟五 裱貼圖案／文字（Lamination）

完成步驟三及四後，將第二層的貼紙置於路牌上。檢查位置正確後，將背面貼紙逐步撕走。第三層或以上的貼紙則重複步驟四、五。必須避免調換不同層面貼紙的次序。

步驟六 最終滾壓（Roller Pressing）

為了使路牌堅固耐用，貼好所有貼紙後，最後步驟是再利用冷裱機滾壓路牌一次，將氣泡推走，讓貼紙牢牢貼實鋁版。如果欠缺這步驟，路牌上的貼紙會因塵埃和雨水侵蝕而分離。

筆者與樂仔（左）及製成品合照。

噴漆路牌

除以貼紙製作路牌外，過去還會以噴漆製作路牌。就如上文提及，法例規定路牌必須採用反光物料，噴漆路牌早於九十年代初期逐步被貼紙路牌取代。經過長年累月的風吹雨打，不少尚存的噴漆路牌早已脫漆。

噴漆路牌與貼紙路牌的製作工序大同小異，最大分別是此方法是利用油漆噴色，需等待油漆完全乾涸，才能噴上第二種顏色，通常只會用於製作兩種顏色的路牌，如藍底白字的方向標誌路牌。如果多於兩種顏色，因製作需時，通常會使用貼紙製作。

字嘜

噴漆

補上斷開部分（紅色）

此方法利用紙片刻出文字或圖案，紙片又稱「字嘜」，然後將字嘜放在路牌上，噴上漆料，透過字嘜上的洞孔印在路牌上。最後再為筆劃斷開部分補色就能大功告成。

噴漆路牌

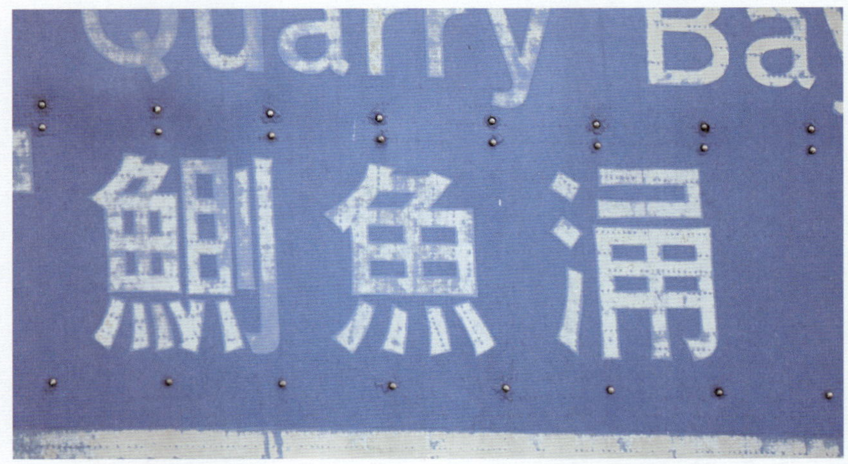

（Toshiyuki Aramori 攝）

（Pak Hin Law 攝）

（Wai Yin Leung 攝）

5.5 消失的監獄體與異體字

除了路牌外，還有好些事物隨着電腦普及而消失，電腦不只是取代人手造字的工序，亦同時將一些文化埋在土裏。你知道甚麼是異體字嗎？這個年頭，學校不會教授異體字及傳承字形；現時中文科教寫字需依教育署《香港小學學習字詞表》的標準。如學生在功課上寫了傳承字形、異體字，通常都被視為錯字。

現時大部分人只記得電腦字的寫法，當看到一個相似但不太一樣的字，便覺得是錯字。然而監獄體最特別的自然是其字型，消失的不只是路牌本身，更是印證年代變遷的字型。

筆者自小就對監獄體的寫法印象深刻。還是在讀幼稚園時，筆者會模仿路牌上的監獄體筆劃寫中文字。例如「塲」即是「場」的異體字；又或是「朗」，第一筆不是一點，而是一橫。直到小學就被中文老師糾正寫法，說是要依着教育署的中文字指引寫字。但令我百思不得其解的是為甚麼同一個字，在街上可以看到幾個不同的寫法；為甚麼辵字部的

「通」字右上角為「コ」，攝於台北通化街。（Ka Ming Ko 攝）

與台灣路牌寫法一樣的「通」，攝於藍田。（Pak Hin Law 攝）

「撐艇仔」（辶）既有一點，又有兩點，到底要寫幾多點呢？後來在讀中學時，筆者才慢慢從網上資料瞭解得知；原來小時候寫的字就是傳承字形，又或是舊時香港通用的異體字或是俗字。

具日本血統的監獄體

很多網友曾經問過我們，監獄體的歷史是如何，從何時開始出現？原始字體是甚麼？因為缺乏記錄，我們只能作出假設。例如監獄體大概於一九七零年甚至更早出現，於一九九七年停產。監獄體能夠有系統地、風格一致地大量生產，相信必定有一套標準，又或是參考一套字體而成。

剛好早前看到一篇由台灣字型公司 Justfont 撰寫的一篇文章《尋找街上字體的來歷——台灣路標的黑體》，探討台灣路牌的字體。乍看才驚覺，其路牌上的字體竟與監獄體有幾分相似。台灣使用的這個字型為「金梅粗黑」，與監獄體的結構頗為相近，只是監獄體較為窄身，筆劃更銳利。但單憑這一點，仍未能確定監獄體是來自金梅粗黑，因為當代的黑體都有喇叭口，結構亦差不多；直至發現台灣路牌上的「通」字的右上角是「コ」而不是「マ」，與監獄體的寫法一模一樣，就更為肯定。

Justfont 在文章中亦提到金梅粗黑體，與一九二九年日本的石井粗黑體十分相似。雖然未能知道石井粗黑與金梅粗黑有甚麼關係，但可由此

推測監獄體就是經過日本到台灣再到香港。不過現今的石井粗黑體都因為戰後制定的《當用漢字表》新標準，而改變了其寫法。

膏藥遮蓋舊字型

監獄體秉承了源遠流長的舊式字體寫法，但有人認為是錯字，並強行「改正」。二零一零年十一月二十五日，有議員在元朗區議會交通及運輸委員會提交一項議程，內容提到路牌上「元朗」的「朗」為錯字。其實這個「朗」字，正正就是監獄體，並是傳統舊式寫法。正當另一位議員反駁舊有「朗」字不是錯字，而是正字時，路政署「懶叻手快快」在會議前經已作出改動，將電腦字貼紙（俗稱膏藥）直接貼在監獄體上。被質詢的路政署當時聲稱不想改完又改，故此唯有等候有機會時才再改正。

即使三年後，繼續有其他議員追問路政署，何時才改回正字。惟路政署推給運輸署，運輸署推給元朗測量處高級土地測量師，地政總署最後引述公務員事務局的答覆帶出新舊字形的分別，完全沒有解答過問題。試問一個高級土地測量師又如何能夠解決舊字形、異體字的問題呢？結果八年後的今日，這個所謂錯字的改正工作又不了了之。

以「膏藥」直接貼在路牌上改字（Pak Hin Law 攝）

除了「朗」字被視為錯字，另外還有「塲」。例如「馬塲」、「永遠墳塲」等路牌，不是被路政署以膏藥遮蓋，就是直接拆掉更換。相反，有些企業卻堅持傳統，採用異體字；例如，置地廣塲、交易廣塲的「塲」，滙豐銀行是「滙」不是「匯」，港鐵旗下鐵路綫均用「綫」不用「線」。

值得慶幸的是，暫時只有「朗」和「塲」被認為是錯字而被更改。目前尚存的監獄體路牌，不少都仍然保留異體字和傳承字形寫法。●

路牌上的這個「朗」才是傳統寫法。

區議會未開會商討，路政署已自行用膏藥遮蓋了正字。（Ryan Lee 攝）

沙田區這塊路牌上亦有相同遭遇，原本的「塲」被改成「場」。（Wai Yin Leung 攝）

路牌
逐個捉

「嶺」、「部」、「朗」三字均為傳承字形。
(Ka Ming Ko 攝)

「塡」為傳承字形，「填」為新字形。
(Wai Yin Leung 攝)

倖存的「塲」字寫法。(Pak Hin Law 攝)

「涌」字右上方為「コ」，而非「マ」。(Wai Yin Leung 攝)

「鐘」、「道」、「半」都是傳承字形，而「慤」則是香港異體字。(Wai Yin Leung 攝)

「靑」用「円」而不是「月」，往往很多人誤會這是日本漢字。其實「靑」才是傳承字形，「円」取自「丹」。

「綫」為香港常用異體字，電腦普及化後逐漸被「線」取代。(Ka Ming Ko 攝)

「龍」字第一筆為橫，右下角的最後一筆則是撇。(Ching Yin Yau 攝)

「滙」為香港常用異體字，電腦普及化後逐漸被「匯」取代。(Ka Ming Ko 攝)

5.6 走遍全港紀錄

監獄體再現計劃中，我們着力把在囚人士人手製造的文字數碼化，製成電腦字型。但在進行數碼化之先，有一項工作需要籌備，就是把全港尚存的監獄體拍照紀錄，再進行字體修復。我們首先在 Google maps 上搜查路牌的位置，再逐一整理及紀錄，然後派出攝影專員到現場拍照。目前，全港剩下大約六百塊監獄體路牌，數量看似不多，但拍攝工作不如想象中容易。這一節筆者特別訪問道路研究社助理編輯司羅柏軒，從攝影角度看監獄體。

邱：邱益彰——筆者
羅：羅柏軒——道路研究社助理編輯司

2	地區	地點	編號	備註	附近建築物	監獄體收錄字（綠粗指已製作）	入地圖	存在	已收錄	收錄人
400		青荃路	TW001	提示		除越過前車外靠左駛		✓	高清	Gary Yau
401		青山公路（荃灣段）／荃景圍	TW002	指導性路牌 差異風格（較粗）	愉景新城附近	荃灣港安醫院		✓	高清	Mike Yuen
402		和宜合交滙處	TW003	大型迴旋處	和宜合交滙處／和宜合道	象山邨石圍角邨		✓	高清	Lok Ho Lam
403			TW004	行人無法進入	和宜合交滙處／和宜合道	城門水塘梨木樹葵涌		✓	高清	JC Leung
404		荃錦交滙處	TW005	指導性路牌	荃錦交滙處／蕙荃路	老圍		✓	高清	Lok Ho Lam
405			TW006	指導性路牌	荃錦交滙處／荃錦公路	白田壩		✓	高清	Lok Ho Lam
406		德士古道北	TW007	指導性路牌	關門口村附近	經大窩口		✓	高清	Eric Choi
407		綠楊新邨未命名路	TW008	提示路牌	廖寶珊紀念書院對開	學校		✓	高清	Lok Ho Lam
408		德士古道北	TW009	指導性路牌	新界南總區警察總部對開	石崗		✓	高清	Aramori Toshiyuki
409		昌榮路／油麻磡路交界	TW010	路口	同珍工業大廈A座對開	油麻磡		✓	高清	JC Leung
410		昌榮路／和宜合道交界	TW011	指導性路牌	金威工業大廈對開	石梨蔭		✓	高清	JC Leung
411		青山公路／大涌道交界	TW012	指導性路牌	8咪半對開	汀九屯門		✓	高清	Aramori Toshiyuki
412		青荃交滙處	TW013	或需使用長鏡拍攝	青荃交滙處／德士古道	荃灣南海濱花園		✓	高清	Gary Yau
413		青山公路／德士古道北交界	TW014	指導性路牌	寶血會思源學校對開	大窩口		✓	高清	Aramori Toshiyuki
414		城門隧道公路	TW015	Gantry 差異風格	城門隧道轉車站附近	葵涌屯門及荃灣		✓	高清	Lok Ho Lam

我們把所有路牌資料集合，方便社員查閱。

邱：羅柏軒，你參與監獄體再現計劃都快兩年了。而你主要負責攝影的工作，拍攝過程容易嗎？

羅：不容易啊。總括而言，就是「撳 Map 撳到手軟」和「行路行到腳軟」。「撳 Map」就是首先在 Google maps 上檢查舊路牌的位置，然後到處「行路」尋找，再為路牌拍攝。

邱：是甚麼驅使你當初加入我們幫忙拍攝呢？監獄體對你而言是甚麼？

羅：監獄體對我而言，是香港歷史的一部分。我記得小時候，樓下有一塊舊路牌，是一塊「禁區終止」的標誌；特別之處是中文是直行書寫，不如其他路牌橫行書寫。但有一天，這塊路牌就突然被拆掉，換成新款橫行書寫的路牌。我百思不得其解，明明那一塊路牌沒有錯，為甚麼要換掉呢？後來長大後才留意到，路牌有新舊之分，猛然醒起當年的路牌是如斯特別。

邱：這兩年間，你都走遍香港各地了吧？

羅：應該十八區都走遍了。

邱：離島區都有嗎？

羅：有。其實東涌都有，不過東涌只有非常少數。一些離島都有，例如坪洲。

邱：那麼真的是十八區都佈滿了你的「腳毛」呢。其中有沒有一些

深刻難忘的體驗？

羅：一定有。最難忘是藍田站有一塊「隱世」監獄體路牌，上面印上「車輛高於四米二　不准左轉（專利巴士除外）」。用「隱世」這個詞，是因為被發現倒於草叢中。以往每天上學都有看到這路牌，突然有一天不見了，後來坐巴士上層才發現原來藏在草裏。我為了紀錄這塊路牌，特意找個晚上到該位置拍攝，拍攝時需要把樹木和雜草撥開；不過可惜最近已被移除。

邱：這個真的是很可惜。可惜的是路牌沒有重新安裝使用，而是直接被丟掉。

羅：對啊。有時候去到現場，卻發現那些路牌經已被拆，及被新牌取代。當刻感覺是有點不開心和氣餒，心想「遲了一步」。甚至有些路牌明明上個月還存在，這個月就已被拆走，真的只是遲了少少、少少而已。面對這個處境，我都沒有法子，只能夠加快腳步把尚存的都拍下紀錄。

邱：對。我們不會知道運輸署何時計劃換走路牌，亦不知路政署何時動手。實際上，我們的角色比較被動，除了盡早拍攝，都不知道還有甚麼可以做。在你這兩年拍攝路牌期間，身邊人如何看待你做這件事？

羅：我身邊真的有人說這很無聊，真的有。曾經有朋友說：「嘩，用不着啊。那麼雞毛蒜皮的事，不就只是字而已！」但在我眼中並不是，

已被移除的「隱世」監獄體路牌（Pak Hin Law 攝）

我不能形容這些字「有血有肉」，但始終這些字都是監獄裏的在囚人士親手造出來嘛，十分特別。拍照也是視覺紀錄的重要一部分，就算數碼化都不能完完整整地還原。我更加是不希望囚犯的心血就這般消失，雖然說實話，有些是因應實際需要被拆走。不過，如果你喜歡舊時的香港，監獄體就是她的一部分，那時充滿手工製作的味道，就是一個時代見證。即使現時香港路牌重用「Transport」，但它已是電腦字型，也再不能回到過去監獄體的歲月。例如以前的英文字「S」特別彆扭，最主要是人手很難㓟字，容易變歪、字身變粗。現在「Transport」字型不會有這情況，以電腦設計加上機器列印，近乎完美。

邱：那麼，你覺得拍攝監獄體路牌有甚麼得着？

羅：其實香港，說大不大，說小不小。但是就是有一些地方，別說我未去過，甚至都沒有聽過，發掘路牌也令我更加認識香港。最主要是有些在 Google maps 上找不到、要用走路才看到的景緻。還是要「用腳影路牌」，不落腳走是不能發現更多的。

邱：對。我記得二零一七年七月時，我看見路牌 Checklist 中，灣仔區只有四塊監獄體路牌。我就不相信，結果在灣仔、海傍、跑馬地及大坑合共找到五十多塊。那天花了整個下午，還是大熱天時。羅柏軒你記得哪一次花你最多時間呢？

羅：應該是「新界西北之旅」，屯門、天水圍、元朗、古洞及文錦

渡都一次過掃光。那一次由上午十時拍到下午六時，總共要八小時。由於 Google maps 那時還沒有邊境禁區的資料，只能親身求證。不過說起來有點慚愧，拍了路牌兩年多，有時候踫到一些路牌也不能肯定是不是監獄體。

邱：看來這個是拍攝路牌其中一個難處吧？

羅：是啊。就是說有一些路牌是有監獄體造型的特質，但看起來太新、太乾淨，像新安裝的路牌般。

邱：說得也是。通常在街邊看見的監獄體路牌都比較殘舊。如在樹底下就會有濕氣，長出青苔，如果在橋底下又會因車輛排出污染氣體而特別骯髒。如果地理位置良好，其實屹立廿年都可以非常簇新。

羅：對。就是有些路牌超新淨、白雪雪；令我懷疑究竟是不是監獄體，還是只是我誤認。不過其中一個得着，就是由以前不太懂分辨，到現在有九成都能夠準確辨認；主要靠喇叭口就可以一眼分辨到。

邱：不過偏偏就是有一些風格差異的監獄體沒有喇叭口。

羅：對啊。所以這些就是剩下的一成啊。

邱：我自己覺得由整個監獄體計劃開始到現在。最有得着是發現到整個路牌歷史的演變，例如到圖書館翻查不同年份的 Highway code 及運輸署文件等，都十分有趣。你在拍攝過程中有沒有甚麼有趣得着？

羅：有啊。我發現了一個頗為有趣的現象，就是感覺運輸署做事好

字體造型偏向監獄體，但由於太過工整、乾淨，讓人誤認為時是新式電腦版路牌。（Pak Hin Law 攝）

像只做一半。例如路口左右有兩塊舊路牌，然後署方只是換了左邊的一塊，令到「新界的士」和「新界計程汽車」路牌在一條路上同時存在。

邱：雖然我們經常說，運輸署會無緣無故地拆走一些仍然清晰易讀、資訊無誤的監獄體路牌。不過正正就是這樣的處事作風，才讓監獄體停產廿年後仍能尚存吧。

羅：正正如此，甚至可以有一組路牌同時存在兩個書寫方向。上面的路牌是傳統的右至左，下面就是現代的左至右。這個更加可以印證到香港中文書寫方向的轉變，八十年代的報紙還是右至左，九十年代就開始變成左至右。但其實路牌的轉變也算是一個進步，以前的交通標誌多是一堆文字，難以閱讀，慢慢演變成現在簡潔易明的標準圖案。

邱：那麼你在文化保育和標準化之間，如何取得平衡？

羅：我喜歡香港歷史、文化。透過瞭解過去，可以看到整個發展脈絡，我們應該保育文化。不過要過去的總要過去，有些事物經已是不合時宜。但是，我覺得這些事物不是送到堆填區，而應該考慮放入博物館，讓大家知道路牌的變化。當然，如果有些路牌經已無法閱讀、殘舊不堪，那還是應該要換掉；我們唯有拍照紀念。即使「撳 Map 撳到手軟」和「行路行到腳軟」，這對我而言還是值得的。●

兩個書寫方向並存。（Pak Hin Law 攝）

早陣子亦被拆走的「新界計程汽車」路牌，現時已更名為「新界的士」（Pak Hin Law 攝）

5.7 數碼化重現監獄體

中文字型至少完成 7000 字才足夠日常使用。

監獄體再現計劃其中一個重頭戲，就是將現有的監獄體路牌文字數碼化成電腦字型（三次修訂按：歷經六年開發，監獄體 Medium 已於二零二二年正式推出）。中文常用漢字多達一萬三千個字，至少完成七千字才足夠日常使用。而現存的監獄體有多少個字呢？明顯地，路牌文字不包含所有中文字符，只涉及地名或是交通相關的文字，總數大概只有四百字左右。因此，為了重現所有漢字，我們使用字的不同部分來重新組合成新的字符。

二零一六年十月，「監獄體再現計劃」宣佈啓動，本社開始四出拍攝路牌。二零一六年十二月，正式開展電腦字型製作。

完成拍攝工作後，由筆者和副設計師吳灝民（Thomas）負責字體數碼化的工作。以下是筆者和 Thomas 就數碼化工作的對談，希望讀者更了解製作過程及難處。

邱：邱益彰——筆者

吳：吳灝民（Thomas）——監獄體副設計師

邱：原來監獄體再現計劃經已進行超過兩年了。當初是甚麼驅使你加入我們一起造字呢？是愛，還是責任呢？

吳：我覺得監獄體計劃的意義在於保育過往香港的文字風景。當時在 Facebook 看見這個計劃，就感到非常有趣，用數碼化的方式去保留舊字體，我本身對擴充字符亦十分有興趣。

邱：那麼 Thomas 你覺得計劃中，哪個環節是最有趣的呢？

吳：我覺得最有趣是舊字形（傳承字形）在新媒介上再度出現。舊字形會令我聯想起地鐵宋、康熙字典體等經典字體；即使媒介不一樣，但懷舊感依舊存在。

邱：在拍攝路牌後，我先會描繪字體的輪廓，放進字型檔中。然後再和你一起重新組合字的不同部分，以組成其他漢字。你認為製作擴充字符時，最困難的地方是甚麼呢？

吳：擴充字符通常是調換部件就可以造新字。但調換部件不是直接 Copy & Paste，實際上有很多細項需慢慢調校。另外，監獄體的筆劃因喇叭口的設計使到製作過程變得複雜，不如一條簡單直綫般容易拉綫。

地鐵宋跟隨傳承字形寫法，如「新」、「都」和「商」。

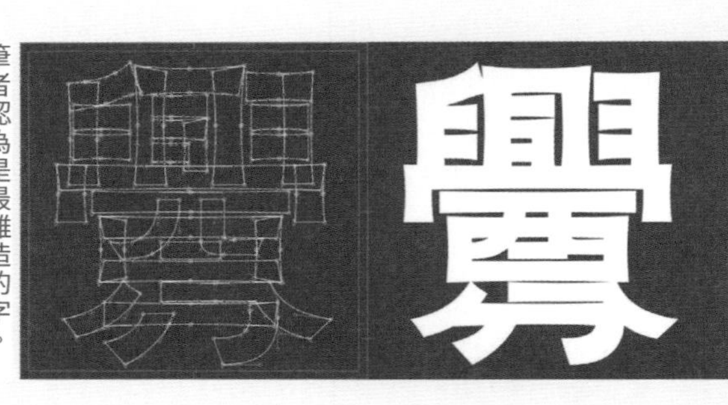
筆者認為是最難造的字。

不過這個都不是最困難的地方，最困難的是統一字體的粗幼度。設計監獄體時，必須微調部件的比例和筆劃的寬度等，讓新的組合字不會與現有的監獄體出現視覺偏差。為了保持一致性，有可能改造自實際路牌的一些字符，以便與其他字的樣式相匹配。

邱：對，本身監獄體在同一段文字的字重（粗幼）都可以不一樣。例如囚犯造到一些複雜筆劃的字時，他們會將所有筆劃修到很幼。不過在電腦文書上來說，我想先要統一它的字重，最佳辦法是製作粗幼各一個字重。不過比起更舊的工務體而言，其實監獄體比較齊整，有套路能夠模仿。我覺得最難造的字是「釁」，其中用了「興」、「酉」、「分」組合。在造新字的時候，亦曾請教字體設計的前輩，例如許瀚文老師。透過和許老師交流，學會了字的構造。其實最重要是營造囚犯本身造字的氛圍，而不是單純的電腦造字。字型散步也是重要的一環，留意路牌的字體造型，再嘗試模仿當時路牌製作過程，體驗囚犯製作哪些字會遇到困難，從此得知為甚麼有些字會變得不一樣。那麼 Thomas 你造過哪個最印象深刻的難字？

吳：監獄體採用舊字形寫法，與此同時令到整個空間很逼。例如我記得「既」右邊很難造。我比較怕造字時候會造到太像電腦字型，失去

旣 摡 嘅 漑 慨 槪

「旣」字右邊很難造。

台灣路牌上的金梅粗黑體與監獄體設計頗為相似。（Ka Ming Ko 攝）

雖然監獄體是以傳承字形寫法為基準，但「空」卻取新字形寫法。（政府新聞處提供圖片）

洲海半廟下

洲海半廟下

監獄體的多個寫法

監獄體的風格。

邱：其實我們造字時，有時會參考金梅粗黑體。雖然沒有充足證據證明監獄體沿自金梅粗黑體（或更早的石井粗黑體），但監獄體不少字的寫法與金梅粗黑體一樣。兩者風格上還是有一些不同的地方，例如監獄體比起金梅粗黑體窄身。在造一些複雜結構的字時，我們都會參考一下金梅粗黑。更加困難的是，監獄體文字只有地方名和交通相關的字眼，我們無法得知其他字的寫法，需要猜測模仿。有趣的是，有時候監獄體不是完全跟隨傳承字形寫法，例如「空」上面「穴」字部，傳承寫法為「儿」；但監獄體偏偏寫成「八」，即是新字形。另外，我認為造新字符時，要保持特色風格非常重要。Thomas 你認為要如何保持其特色寫法？

吳：我覺得是要着手去營造那種懷舊感覺，例如參考監獄體路牌上稍為不工整的設計，透過微調筆劃創造些歪斜感。而且監獄體的視覺重心不一致，有些高、有些低，有很大的調整空間。

邱：模仿設計是一門學問，多得 Thomas 給予不同的意見，才能讓監獄體新造字變得更加一致。除了新造字外，要保留原有監獄體多樣化也是十分緊要。正正因為監獄體是全人手製造，一個字在每個路牌上可以有不同的寫法。例如「洲」、「海」、「半」、「廟」及「下」都有

兩個以上的寫法。

吳：對。多得現時 OpenType 格式可以讓一個字元儲存一個以上的寫法。各有特色的寫法不會因為單一編碼而要作出取捨。那麼 Gary 你也有些有趣的製作經歷可以分享嗎？

邱：未來推出字型時，需要顧及到不同用戶，如台灣會用到注音符號。監獄體亦特意設計了注音符號，甚至台語注音亦有包括在內。另外是利用 Emoji 的編碼收錄了交通標誌的圖案，使到數碼化監獄體不只是一個電腦字型，而是與其本身背景有關連的字體。

監獄體利用 Emoji 編碼收錄了交通標誌圖案。

5.8

發現監獄體：港島

根據我們統計，至二零二五年六月，路面上的監獄體路牌只剩約六百塊，當中不少更是充滿特色，亦見證了時代的轉變。

自香港開埠以來，港島北岸為政經核心所在地。舊有「四環九約」的維多利亞城，今有中西區和灣仔區。香港的急速發展，似乎令中環這個國際金融中心的心臟地帶，容不下舊事物，路牌亦如是，中區的道路網絡在二十年間已有天翻地覆的改變，中環的路牌大概每五至十年就會被更換。

灣仔區監獄體數量 78

至 2025 年 6 月為止

炮台山 1

奇力島 2

天后 1

銅鑼灣 2

灣仔 9

大坑 8

跑馬地 25

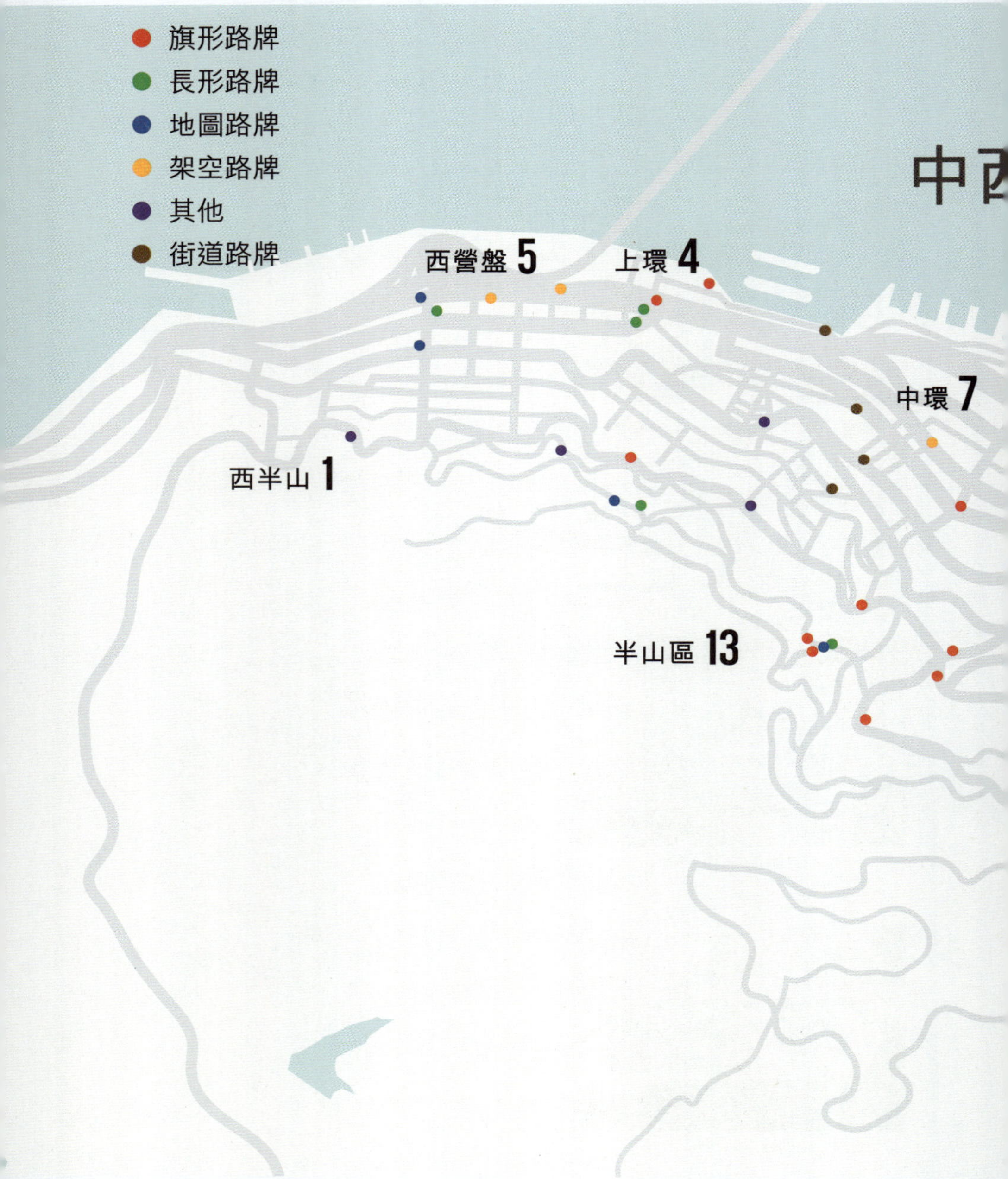

旗形路牌
長形路牌
地圖路牌
架空路牌
其他
街道路牌

中西

西營盤 5
上環 4
中環 7
西半山 1
半山區 13

監獄體在中區

監獄體路牌早於一九九八年就幾乎絕跡中環商業區，為配合機場快綫和西隧通車，中區附近一帶全數更換新路牌，加上「機場快綫站」和「九龍（西）」的方向指示。由於電腦字型採用 Arial 以及排版效果極差，這些路牌通常被冠上「核突路牌」之罪名。不過這些「核突路牌」隨着中環灣仔一帶發展亦逐漸消失。「一個金鐘，各自表述」，人手製造的字體，除了顯得有點歪斜外，有時候還會出現不同的寫法，例如「金鐘」就有多種寫法。

(Wai Yin Leung 攝)

(Pak Hin Law 攝)

鐘字「立」首筆為一橫。
(Ka Ming Ko 攝)

鐘字「立」首筆為一豎。
(Ka Ming Ko 攝)

工務體在半山

行人隧道路牌為工務體。

「私家小型小巴」為右至左，而下面的時段牌則是左至右。（Ka Ming Ko 攝）

監獄體在半山

縱使中環商業區的路牌經常「換畫」，不過在山上的半山區卻是十分「專一」。由於其道路網絡變動不大，成功令半山區的監獄體路牌僥倖保存下來。該區不少監獄體路牌仍然保持「原汁原味」，未被改動過，僅部分路牌加上「九龍（西）」。半山區不僅保存監獄體路牌，甚至有更舊的工務體路牌，而且更為「右至左」的舊式書寫方向。

監獄體在半山

行人過路綫（Charles Lee 攝）

街上常見的監獄體字重較粗，而這款則是特幼監獄體。（Ka Ming Ko 攝）

己連拿利是唯一中英文沒有後輟的街名。（Ka Ming Ko 攝）

路牌採用舊寫法「栢道」，有別於現時寫法「柏道」。路牌右下角以膏藥形式貼上「九龍（西）」指示。（Ka Ming Ko 攝）

監獄體在灣仔

中環兩旁的灣仔區和西區均是港島舊區的象徵，不過這並不代表監獄體路牌數量多。由於灣仔區道路網亦有不少變動，方向指示監獄體路牌比較少。不過因為舊樓林立，灣仔舊區大坑、跑馬地一帶到處仍能找到不少釘在樓宇牆身的舊款街道路牌；但灣仔市區因舊區重建而開始換上新路牌。

舊式拼法為「Wanchai」，而現時拼為「Wan Chai」。（Ka Ming Ko 攝）

位於鵝頸橋的監獄體路牌

跑馬地

大坑

灣仔市區

監獄體在西區

而西區一帶雖然也屬舊區，但方向指示監獄體路牌比灣仔多；常見是指向半山、南區方向的路牌；如指向薄扶林、香港仔及蒲飛路等等。

西區填海區（Wai Yin Leung 攝）

西營盤（Wai Yin Leung 攝）

蒲飛路（Ka Ming Ko 攝）

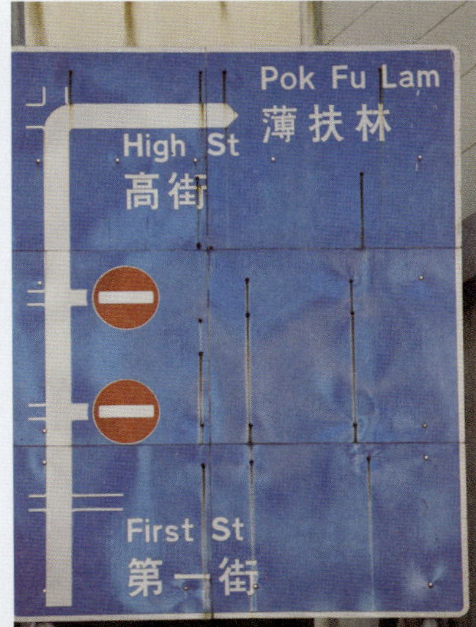

西區道路錯縱複雜，隨處都是不可駛入的單程路。此路牌標上通往薄扶林的方向。
（Toshiyuki Aramori 攝）

監獄體在南區

說起路牌，不少人認為只侷限於馬路上的指示牌。但其實海上都有路牌，而且更是海上監獄體路牌！香港仔是「水上人家」蜑家人的聚居之地，香港仔海峽亦是不少船隻行經的航道。就在這個海峽上有一塊給船看的路牌，釘在鴨脷洲大橋的橋墩上。這款路牌提示橋底航道的高度限制，禁止過高的船隻行經。這款水上專用的路牌，充份表達香港仔漁村的角色。

雖然南區道路網未如港島北般日新月異，但是南區不少監獄體路牌早已被更換；目前據統計只餘二十多塊，主要集中於香港仔和黃竹坑一帶，其餘則散落在薄扶林、赤柱等地。

可能是全港最大塊的監獄體路牌。（Pak Hin Law 攝）

「塲」仍然保留異體字寫法。（Pak Hin Law 攝）

少數採用反光物料製作的監獄體路牌。（Charles Lee 攝）

舊式拼法「Pokfulam」，而非「Pok Fu Lam」。（Ka Ming Ko 攝）

東區

在港島四區之中，東區的監獄體最少。情況與中西區、灣仔一樣，因應道路網的改變，不少監獄體路牌早已消失。

史上最馬虎的監獄體路牌，「Holiday」的「d」與「Park」的「p」調轉放置。（Wai Yin Leung 攝）

路牌採用舊字形「衆」，而現時主要為「眾」（Wai Yin Leung 攝）

典型的中文不對照，中文為「柴灣」，而英文為「Cape Collinson」（歌連臣角）。（Ka Ming Ko 攝）

「Permanent」的「P」掉了下來，似細楷。（Ka Ming Ko 攝）

5.9 發現監獄體：九龍

西九龍填海區：最後一批監獄體

去判斷該路牌是否監獄體，一般會以字體風格為基準。除此之外，還能以該路牌所在位置作判斷。監獄體於一九九七年停產，所以在該年之後落成的道路原則上都不是監獄體。

根據此判斷原則，一九九七年通車的道路都有機會仍然存在監獄體，例如在一九九七年四月三十日通車的西區海底隧道。不過西隧香港島出入口一帶路牌通車時已採用新製的電腦字型路牌，但西九龍填海區一帶卻發現監獄體路牌，很大機會是最後一批出產的監獄體路牌。

龍監獄體數量 210

2025 年 6 月為止

獅子山隧道 4
大窩坪 3
荔枝角 7
九龍塘 6
深水埗 19
石硤尾 4
昂船洲 6
旺角 4
大角咀 13
馬頭圍
何文田 2
油麻地 16
京士柏 5
佐敦 9
海底隧道 3
尖沙咀 4
旗形路牌
長形路牌
地圖路牌
架空路牌
其他
街道路牌

「香港（西）」路牌相信是最後一塊安裝的監獄體路牌。而上面的「旺角（西）」則採用電腦字型 Arial 和全真粗黑，見證路牌字體的轉變。

與「香港（西）」同期安裝的兩塊路牌。
（Ka Ming Ko 攝）

工務體在舊區

舊樓林立：街道路牌

油尖旺、深水埗、九龍城舊樓林立，不少珍貴舊式監獄體街道路牌，甚至更舊的工務體路牌都能在這些地區找到。能夠保存這些舊式街道路牌，最主要原因是它們均是釘上大廈牆身上的。而近年該區有很多舊樓進行外牆翻新時，亦有保留街道路牌。隨着市區重建步伐加速，它們將會消失於我們眼前。

（Toshiyuki Aramori 攝）

（Toshiyuki Aramori 攝）

（Toshiyuki Aramori 攝）

（Toshiyuki Aramori 攝）

監獄體在舊區

（Toshiyuki Aramori 攝）

（Toshiyuki Aramori 攝）

（Toshiyuki Aramori 攝）

（Toshiyuki Aramori 攝）

（Toshiyuki Aramori 攝）

（Wai Yin Leung 攝）

（Toshiyuki Aramori 攝）

（Wai Yin Leung 攝）

(Wai Yin Leung 攝)

(Wai Yin Leung 攝)

(Wai Yin Leung 攝)

(Toshiyuki Aramori 攝)

(Wai Yin Leung 攝)

(Toshiyuki Aramori 攝)

(Wai Yin Leung 攝)

(Toshiyuki Aramori 攝)

啓德機場遺物

機場由啓德搬遷至赤鱲角後，全港所有指向機場的路牌都需要即時更換。部分路牌沒有被拆除，反而用噴漆塗上顏色，再用鐵片遮蓋；有別於平時採用的「膏藥」貼紙形式。

位於漆咸道北的龍門架路牌，最大特色就是「路牌手寫字體」，相信居住紅磡或不少路經的市民都會有深刻印象。紅隧口附近的龍門架上的為翻頁路牌，如蕪湖街下通道封閉時能夠轉換資訊。其實這塊屬於前機場隧道（現啓德隧道）的工程產物，至於為甚麼採用了手寫字就不得而知。

(Pak Hin Law 攝)

(Wai Yin Leung 攝)
(Wai Yin Leung 攝)
(Eric Li 攝)

永久交通改道

九龍道路網錯綜複雜，因而時常造成交通擠塞。為改善和紓緩問題，分流車輛和限制轉彎路口亦是其中一個解決辦法。因此時常能在九龍看見一些「永久交通改道」的指示牌，提示駕駛者前面無法直接抵達目的地，並標示替代路綫。值得一提的是，英國已於一九九四年廢除這款上藍下白的設計。

統一隧道路牌

在港九兩岸，隨處能夠看見指向對岸的路牌，這些監獄體的隧道路牌都有「膏藥」遮蓋？主要有兩個原因：

一 更改地名，以往的地名標記頗為雜亂無章；紅隧路牌會寫上「香港」、東隧為「香港東區」、西隧為「香港（西）」。而對岸更有「九龍」、「東九龍」、「九龍東」、「九龍（西）」之分。其後運輸署正式統一路牌地名，以「地名（方位）」為主；一律統一為「香港（西）」、「香港（中）」、「香港（東）」、「九龍（西）」、「九龍（中）」及「九龍（東）」。

二 更改隧道標誌，以往的海底隧道路牌一般在地名旁邊加上隧道標誌。後來運輸署在統一地名同時，推出新式海底隧道標誌；新式標誌標上「中　C」、「西　W」、「東　E」以示分別。自此，海底隧道路牌的舊隧道標誌開始被遮蓋；有趣的是，有不少路牌沒有貼上新式海底隧道標誌。

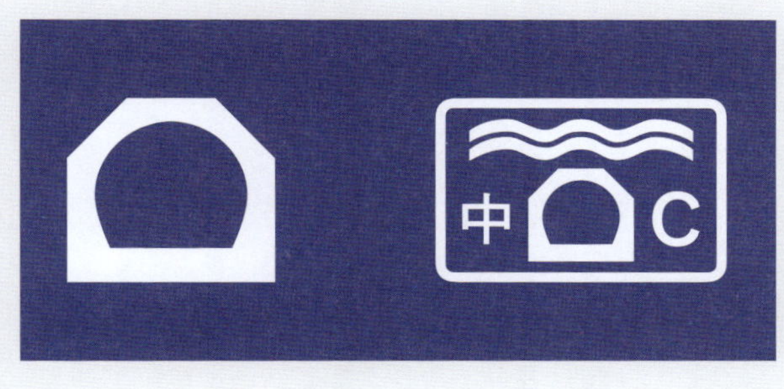

（圖左）隧道標誌、
（圖右）海底隧道標誌

(Eric Li 攝)

隧道標誌被遮蓋，但沒有換上新標誌。

(Pak Hin Law 攝)

(Ka Ming Ko 攝)

(Ching Yin Yau 攝)

「香港東區」被改成「香港（東）」，以及換上新式海底隧道標誌。

(Ka Ming Ko 攝)

監獄體在九龍區

(Pak Hin Law 攝)

(Ching Yin Yau 攝)

(Ching Yin Yau 攝)

(Ka Ming Ko 攝)

5.10 發現監獄體：新界

工業邨標誌

戰後，香港由轉口港轉型為輕工業城市。觀塘、荃灣及葵涌等地方先後發展成衞星城市（現稱「新市鎮」），而它們都設有工業區以提供足夠就業機會。隨着中國改革開放，工廠北移導致香港工業息微。工業邨（Industrial Estate）由科技園公司（前身「工業邨公司」）管理，故此大埔、元朗及將軍澳都設有工業邨。

(Chi Hin Chu 攝)

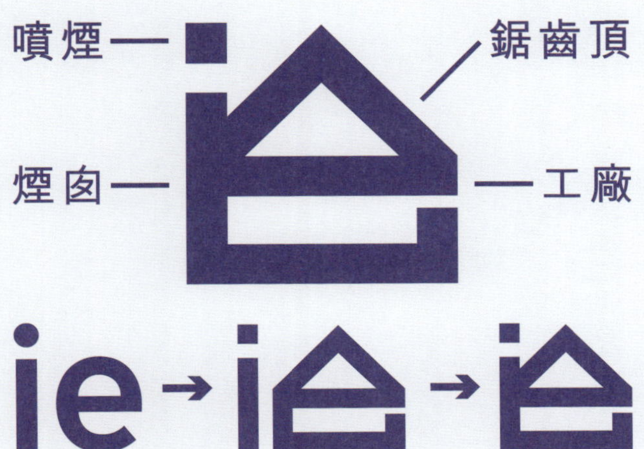

工業邨標誌設計。標誌由 i 和 e 組成。

綠色路牌始祖位於小欖。（Mike Yuen 攝）

路牌上的工業邨文字旁邊有兩個相同的圖案，是工業邨的標誌，由 Industrial Estate 的字頭 i 和 e 組成；造型是鋸齒頂的工廠、和噴煙的煙囪。而且重複放置標誌，意味不只一間工廠，而是一條工業邨。傳聞出現工業邨標誌的原因是，工廠大部分工友都不識字，既不懂英文，又不懂讀中文字，所以工務司署就將工業邨形象化成一個標誌。

香港首塊快速公路路牌

前文提到，港府在一九九四年修改路牌設計守則，為快速公路引入全新的綠色路牌。當時在屯門公路和粉嶺公路安裝了綠色路牌作試驗用途，期間生產的快速公路路牌仍然為藍色；直至一九九七年才全面改用綠色路牌。在一九九七年正式引入綠色路牌的同時，監獄體正式停產，由電腦字型所取代。所以綠色路牌配監獄體路牌是極之罕見，因為它們都屬於一九九四至一九九五年間小量生產的試驗路牌。

一九九五年，屯門公路實施巴士專用綫措施；同時運輸署在小欖交滙處出入口設置四塊新款綠色路牌作測試。經過屯門公路重建工程，轉車站落成，其餘三塊試驗路牌經已被拆除；目前只剩下小欖這塊「綠色路牌始祖」。

而在粉嶺公路近大頭嶺，亦有發現碩果僅存的快速公路監獄體路牌，它們亦是同期的實驗品。字體相對端正齊整，乍看還以為是電腦字型；但看到「文」的舊寫法，就能判斷為監獄體。

首個新市鎮：荃灣及葵青

香港在戰後人口急速膨脹，因而發展首個新市鎮——荃灣。有人以為監獄體路牌只會在港九舊區才找到，新市鎮則不會存在。事實上並不是這樣，新市鎮保留下來的監獄體路牌遠超於港九舊區；例如數量最多在沙田區。原因是新市鎮的道路網經過詳細規劃，路牌大多毋須更換。所以在七十年代開始發展的新市鎮都較易找到監獄體路牌，如屯門、元朗、大埔、沙田、馬鞍山等。不過在九十年代初發展的東涌、將軍澳、天水圍、將軍澳新市鎮就比較少見。

碩果僅存的快速公路監獄體路牌。（Wai Yin Leung 攝）

監獄體在
新市鎮

(Ka Ming Ko 攝)

(Wai Yin Leung 攝)

(Wai Yin Leung 攝)

(Wai Yin Leung 攝)

(Wai Yin Leung 攝)

(Lok Ho Lam 攝)

新機場產物

赤鱲角機場在一九九八年啓用後，附近一帶指向青衣的路牌都貼上機場標誌膏藥，指示車輛經青衣到機場。

(Lok Ho Lam 攝)

東南西北中區

早期路牌以「方位＋區」表達區內地方，例如「葵涌（北區）」；後來一律取消「區」字，簡化為「葵涌（北）」；而英文亦由全寫改為簡寫。

舊稱呼（Wai Yin Leung 攝）

新稱呼（Wai Yin Leung 攝）

貨櫃碼頭大集合

葵涌貨櫃碼頭一帶亦有不少監獄體路牌。除了字體不同外，你還看到有甚麼與現時不同的地方？其中貨櫃碼頭舊稱 Container Port，其後改稱 Container Terminal。

（Wai Yin Leung 攝）

（Ryan Lee 攝）

（Wai Yin Leung 攝）

（Ryan Lee 攝）

（Ryan Lee 攝）

而且在監獄體年代較常用中文數字，如「一至五號碼頭」；現時習慣用阿拉伯數字，即「1-5號碼頭」。

(Pak Hin Law 攝) (Rain Hung 攝) (Pak Hin Law 攝) (Pak Hin Law 攝) (Mike Yuen 攝) (Lok Ho Lam 攝) (Pak Hin Law 攝)

全港監獄體之冠：沙田新市鎮

沙田區由兩個新市鎮組成，包括沙田和馬鞍山，分別在七十年代和八十年代開始發展。沙田區為全港最多現存監獄體路牌的地區，超過九十二塊。

醫院路牌系列

沙田不乏醫院路牌，包括威爾斯親王醫院、仁安醫院等。

(Pak Hin Law 攝)
(Rain Hung 攝)
(Pak Hin Law 攝)
(Mike Yuen 攝)

監獄體遮監獄體

相信細心的你會留意到，這兩塊路牌上的「馬鞍山」是一塊「膏藥」貼紙，而你能猜到膏藥後面是甚麼嗎？其實這塊路牌剛豎立之際，馬鞍山新市鎮尚未誕生；所以路牌本身寫上道路的終點——烏溪沙。直至馬鞍山開發成新市鎮後，烏溪沙被視為馬鞍山的一部分，所以在沙田的「烏溪沙」一律改為「馬鞍山」。

沙田單車徑

週末假日，不少市民都會到沙田、大埔、馬鞍山踩單車消閒。而早在規劃沙田新市鎮時，已預留位置興建單車徑。因為路況變化不大，所以亦能找到不少單車徑監獄體路牌。

(Pak Hin Law 攝)

(Pak Hin Law 攝)

(Pak Hin Law 攝)

架空路牌

由於快速公路的監獄體藍色路牌早就被更換，所以較少機會能在架空路牌找到監獄體。而有些因為屬快速公路路段，或其路牌資訊毋須轉色而僥倖尚存。

(Pak Hin Law 攝)

(Pak Hin Law 攝)

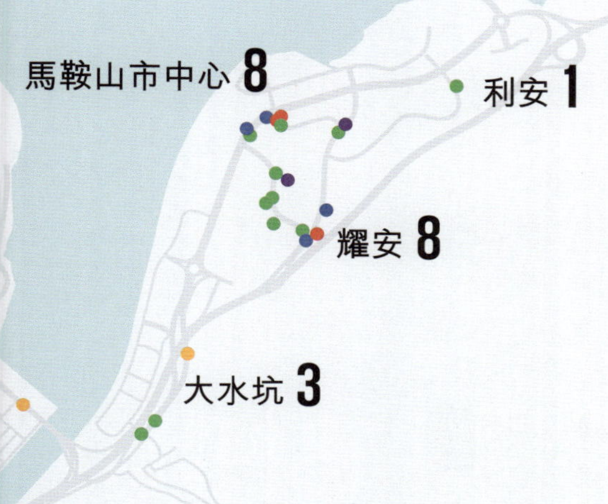
馬鞍山市中心 8
利安 1
耀安 8
大水坑 3
門 9
第一城 3
小瀝源 16

沙田區監獄體數量 79

至 2025 年 6 月為止

- 旗形路牌
- 長形路牌
- 地圖路牌
- 架空路牌
- 其他

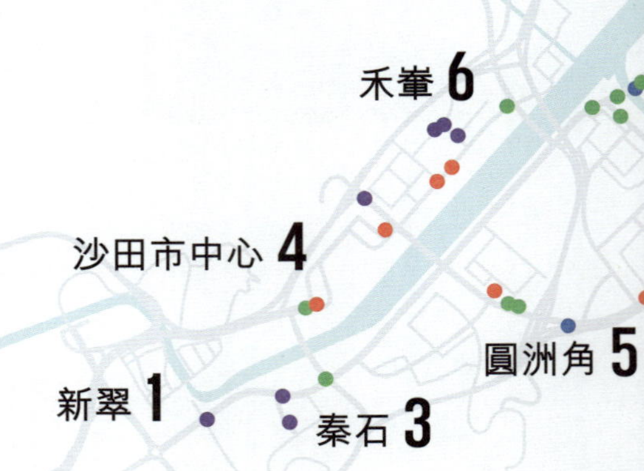

新界西：屯門及元朗

我們時常看到一些監獄體路牌被電腦字型的膏藥貼紙遮蓋，不過位於龍鼓灘有一塊與眾不同的路牌；就是路牌反被監獄體膏藥遮蓋。膏藥背後原先印上「爛角咀」，而英文為「Black Point」。而龍鼓灘英文是「Lung Kwu Tan」，但龍鼓灘發電廠英文則是「Black Point Power Station」；所以當時誤譯成「爛角咀發電廠」。

究竟為甚麼會用監獄體膏藥遮蓋呢？其實在發電站啓用後，運輸署已發現路牌有誤譯問題；而當時尚是人手造字時期，所以另外訂製了一批「龍鼓灘」的監獄體膏藥。過了幾年，進入電腦字型時期後，居然再次誤譯；而當時路政署手上仍有一批龍鼓灘貼紙，就直接貼了上去；形成了「監獄體一雪前恥，反攻電腦字型」的景象了。

史上首塊監獄體「反勝」的路牌。
(Pak Hin Law 攝)

附近亦有一塊全監獄體的路牌出現誤譯問題，故貼上膏藥遮蓋。

龍鼓灘發電廠是 Black Point Power Station，不過龍鼓灘就是 Lung Kwu Tan。
(Pak Hin Law 攝)

提示駕駛者前面只能前進。

（Mike Yuen 攝）

因應輕便鐵路通車，青山公路－元朗段（元朗大馬路）的一段中央行車綫變成輕鐵專用路軌。為了有效分流車輛和減低危險，部分路牌改成禁止轉右，需要 P Turn 繞過。

永久封路

屯門和元朗都屬於新市鎮，道路網不如九龍般混亂；但都會出現一些永久交通改道的情況。九龍一般採用已停用的白底藍邊路牌，而新界較常出現全藍路牌。值得一提的是，因為資訊仍然正確，所以路牌沒有被拆除；不過因為兩鐵合併的關係，它們都貼上港鐵標誌，指向西鐵綫車站。

行人路監獄體

天水圍公園佔地十四點八公頃，比起元朗和屯門的市鎮公園還要大，需要路牌指示方向，所以公園附近的行人路都會看到一些監獄體路牌。

（Eric Li攝）

（Ka Ming Ko 攝）

監獄體在新界西

（Ka Ming Ko 攝）

（Pak Hin Law 攝）

（Ka Ming Ko 攝）

（Eric Li 攝）

新界東：大埔及北區

大埔屬於較早期發展的新市鎮，雖然監獄體路牌仍然存在。不過部分路牌因為資訊不合時宜而需要拆除、有部分以膏藥貼上新資訊「續命」、亦有部分路牌只是拆走一半，補上新路牌。

診所原本印有醫院標誌，但因為與醫院性質有別，故貼上膏藥遮蓋。

這塊路牌在富亨邨入伙前設置，故只留空位置貼上膏藥。（Chi Hin Chu 攝）

監獄體路牌拆走一半，上面換成新路牌。

(Tsun Man Lee 攝)　(Ka Ming Ko 攝)　(Tsun Man Lee 攝)　(Tsun Man Lee 攝)　(Wai Yin Leung 攝)　(Ka Ming Ko 攝)

北區：隱秘路牌

北區與大埔相似之處都是膏藥處處，不過不少現存的監獄體路牌比較隱秘。

(Pak Hin Law 攝)

(Pak Hin Law 攝)

(Wai Yin Leung 攝)

邊境禁區

邊境禁區內有沒有監獄體？目前尚未查證，或許需要一位當地居民帶路才能發掘。不過多得港府在二零一二年開始陸續縮減邊境禁區，才發現到部分原在禁區範圍內的監獄體路牌。

香港後花園：西貢及離島

除了將軍澳新市鎮外，西貢大部分地方仍然是鄉郊地區，很容易就找到監獄體的蹤跡。而離島一般比較少，但也有部分舊街道路牌。

（Pak Hin Law 攝）

（Toshiyuki Aramori 攝）

（Ching Yin Yau 攝）

（Toshiyuki Aramori 攝）

監獄體在西貢

（Pak Hin Law 攝）

（Ka Ming Ko 攝）

（Pak Hin Law 攝）

（Ka Ming Ko 攝）

（Ka Ming Ko 攝）

監獄體在離島

（Ka Ming Ko 攝）

（Ka Ming Ko 攝）

（Ka Ming Ko 攝）

首先，要感激編輯 Sheelagh 的無限耐性，包容我這個拖稿的「不稱職」作家；增訂本編輯 Carman、三次修訂本編輯 Frankie，還有設計師明志的精美設計。其實這本書由籌備至正式發行，足足花了超過一年的時間。最初用了超過半年時間作資料搜集，家中積存了一大堆英國和香港的政府文件、香港舊報紙作參考。然後才開始撰文，而這亦是本書最困難的部分，一直苦惱怎樣令內容簡潔易明，不會寫得太過累贅？

我自小看書只愛看圖，不愛讀文字，所以這本書圖片超過五百幅，希望不愛讀文字的讀者能夠以圖片輔助閱讀。此書內容能夠如此豐富，單憑我一個人不能成事，全靠道路研究社社員和各方朋友的協助，在此希望向各位致謝。

文字及資訊整理

本書涉獵範圍甚廣，由交通標誌、字體設計、街道事物到道路設計都一一包攬，不少部分需要道路研究社其他社員負責校對和整理資訊。吳灝民負責字體及路牌設計題材、羅柏軒負責中期校對、李柹強負責道路設計題材。黃溢鋒、黃頌平負責新修訂本的資訊整理。

Ho Man Thomas NG　吳灝民@道路研究社
Pak Hin LAW　羅柏軒@道路研究社
Ulysses LEE　李沛強@道路研究社
Benson WONG　黃溢鋒@道路研究社
Bryan M W　黃頌平@道路研究社

專題及資訊協助

在動筆前需要進行大量的資料搜集，然而有一些知識和資訊不能在網上找到，筆者為此亦四出拜訪和請教不同前輩。例如「魔鬼樂工作室」和「李伯伯街頭書法復修計劃」分享製作路牌的工序、「南瓜咖喱」提供日本道路公團體檔案、「誌同道合」分享莫禮遜燈號、度量衡單位轉換和斑馬綫的相關研究成果、「無人之境」

分享了香港現存的梅培理路牌位置、「舊時香港」分享了香港首個全自動交通燈的研究成果。

Abandoned HK　無人之境
De Sign-Age　誌同道合
Devil Lok's Workshop　魔鬼樂工作室
Leehonhk　李伯伯街頭書法復修計劃
PumpCurry　南瓜咖喱
Old Hong Kong Story　舊時香港

翻譯協助

第一章講述英國、歐洲、日本和美國的交通標誌和路牌歷史，當中涉及大量英語、法語、日語的文件。翻譯工作非常費時，感謝李健朗和黃柏曦協助翻譯。

Kin Long LEE　李健朗
Pak Hei WONG　黃柏曦

地圖資訊整理

第五章的監獄體系列介紹港九新界的精選監獄體路牌，其中利用地圖標示不同路牌的位置。由於原有路牌資料庫較為混亂，感謝黃柏曦和李峻文花了兩個月時間重新整理相關資訊。

Pak Hei WONG　黃柏曦

Tsun Man LI（Natsume Isuzu）　李峻文@道路研究社

插畫

特此感謝張雨恩為本書繪畫香港獨有交通標誌、斑馬綫、卑利沙燈及交通燈相關精美插畫。

Grace CHONG　張雨恩

圖像協助

雖然這本書的插圖由筆者負責繪製，不過途中亦遇上各種技術困難。感謝李貴成指導立體圖案的繪畫方式及譚俊傑分享的香港地形圖。

Eric LI　李貴成
Jacky TAM　譚俊傑

攝影

這本書絕大部分相片均由社員及不同朋友縱橫香港、英國、台灣、中東等地四出拍攝；特此感謝他們為本書拍攝高質素相片。

Charles LEE　李晉生
Chi Hin CHU　褚志軒
Ching Yin YAU　邱政彥
Eric LI　李貴成
Hugo NG　吳思揚
Jonathan HO　何弘彥
Ka Ming KO　高嘉明
Kin Long LEE　李健朗
Lok Ho LAM　林樂豪@道路研究社
Mike YUEN　阮智軒@道路研究社
Pak Hin LAW　羅柏軒@道路研究社

交通協助

Rain HUNG 孔寧漢
Ryan LEE 李樂遙
Schoen CHO 曹子揚
Toshiyuki ARAMORI 荒守敏行
Wai Yin LEUNG 梁偉賢
Ying Hang TIN 田應亨

特此感謝以下人士為監獄體攝影團隊提供接載服務。

Ho Lam HO 何灝霖
Ngai Fung TANG 鄧毅峰

相片提供

有一些經已消失的事物無法用鏡頭拍下紀錄，因此亦向不同人士徵求相片授權。

Dmvward Kelley Cook
Information Services Department 香港政府新聞處

第一章

1.1

- Bassano Ltd. (1922). *Sir Henry Maybury*. Retrieved from https://www.npg.org.uk/collections/search/use-this-image?mkey=mw221611.
- CBRD. n.d. *Clear and legible*. Retrieved from https://www.roads.org.uk/index.php/articles/clear-legible.
- Dmvward (2011). *Old-style School Road Sign Glastonbury*. Retrieved from https://commons.wikimedia.org/wiki/File:Old-style_School_Road_Sign_Glastonbury.jpg.
- Hall, A., (2020). London Street Signs: A visual history of London′s street nameplates. 2nd ed. London: Pavilion Books.
- Sabre. (2004)*Can anyone identify this sign?* Retrieved from https://www.sabre-roads.org.uk/forum/viewtopic.php?t=9638
- Sign Languages (Transport And Ministry Typefaces, Uk)(2014). Retrieved from https://thebeautyoftransport.com/2014/12/03/sign-languages-transport-and-ministry-typefaces-uk/
- Stoneman, W. (1917). S*ir Eric Campbell Geddes*. Retrieved from https://www.npg.org.uk/collections/search/portraitLarge/mw221611/Sir-Eric-Campbell-Geddes.
- The Beauty of Transport. (2014). *Sign Languages (Transport and Ministry type faces, UK)*. Retrieved from https://thebeutyoftransport.com/2014/12/03 /sign-languages-transport-and-ministry-typefaces-uk/ .
- 中央聖學子(2018),〈危險的車牌字體花臣〉。

1.2

- Brasuell, J. (2018). *Clearview Is Back as the Font of Choice for Highway Signs*. Planetizen. Retrieved from https://www.planetizen.com/news/2018/05/98550-clearview-back-font-choice-highway-signs.
- Capps, K. (2016). *America's Sudden U-Turn on Highway Fonts*. CityLab. Retrieved from https://www.citylab.com/transportation/2016/01/official-united-states-highway-sign-font-clearview/427068/.

- Congress. (2017). *H.R.2029— 115th Congress (2017-2018)*. Retrieved from https://www.congress.gov/bill/115th-congress/house-bill/2029/text?r=24.
- Federal Highway Administration. (2009). *Manual on Uniform Traffic Control Devices*. Retrieved from https://mutcd.fhwa.dot.gov/pdfs/2009r1r2/pdf_index.htm.
- Federal Highway Administration. (2017). *The Evolution of MUTCD*. Retrieved from https://mutcd.fhwa.dot.gov/kno-history.htm.
- Quito, A. (2016). *The US government's decision to scrub Clearview font from highway signs really frustrated its designers*. Quartz. Retrieved from https://qz.com/605695/font-designers-response-the-us-governments-has-decided-to-nix-clearview-from-all-highway-signs/.
- KelleyCook. (2005). Picture of Clearview BGS from WB I-696. Retrieved from https://commons.wikimedia.org/wiki/File:ClearviewBGS-I696W-I275-I96.JPG.
- Rex Chen（2007），〈美國路標新字體 Clearview〉，Type is Beautiful，取自 https://thetype.com/2007/04/16/zh-hant/。
- Rex Chen（2010），〈高速公路路標字體：發展和中國新標準〉，Type is Beautiful，取自 https://thetype.com/2010/03/2123/zh-hant/ 。
- Winston（2013），〈交通指標：人命關天的平面設計〉，JustFont Blog，取自 https://blog.justfont.com/2013/03/info-design-matters/。
- Yaffa, J. (2007). *The Road to Clarity*. The New York Times Magazine. Retrieved from https://www.nytimes.com/2007/08/12/magazine/12fonts-t.html?pagewanted=all.

1.3

- League of Nations. (1931). *Convention concerning the Unification of Road Signals*.
- United Nations Conference on Road and Motor Transport. (1949). *Protocol on Road Signs and Signal*.
- United Nations. (1968). *Convention on Road Signs and Signal*.

1.4

- CBRD. (n.d.) *From War to Worboys: Anderson and Kindersley*. Retrieved from http://www.roads.org.uk/articles/war-worboys/anderson-and-kindersley.
- Khaleeli, H. (2015). *Way to go: the woman who invented Britain's road signs*. The Guardian. Retrieved from https://www.theguardian.com/artanddesign/shortcuts/2015/sep/18/way-to-go-the-woman-who-invented-britains-road-signs.
- Kindersley, D. (1960). *Motorway Sign Lettering*. Traffic Engineering & Control, P.463-465.
- Lund, O. (2003). *The public debate on Jock Kinneir's road sign alphabet*. Typography papers, 5, P.103-126.
- Ministry of Transport. (1962). *Traffic Signs for Motorways, Final Report of Advisory Committee*. London: Her Majesty's Stationery Office.

1.5

- Anon. (1963). *Worboys Report*. Traffic Engineering & Control, P.150-153.
- CBRD. (n.d.) *From War to Worboys: Experiments and drafts*. Retrieved from http://www.roads.org.uk/articles/war-worboys/experiments-and-drafts.
- CBRD. (n.d.) *From War to Worboys: Worboys Report*. Retrieved from http://www.roads.org.uk/articles/war-worboys/worboys-report.
- Ministry of Transport. (1963). *Report of the Traffic Signs Committee, 18th April 1963*. London: Her Majesty' s Stationery Office.

1.6

- 石水典子（2015）「東洋経済：高速道路標識、「不思議な文字」の悲しい運命」，https://toyokeizai.net/articles/amp/83923?page=2。
- 東日本高速道路株式会社，中日本高速道路株式会社，西日本高速道路株式会社（2011）「より視認し易い高速道路案内標識を目指した 標識レイアウトの変更について」，http://www.hido.or.jp/14gyousei_backnumber/2010data/1103/1103hyoushiki-henkou.pdf。
- GAZOO（2018）「一般道は丸ゴシック、高速道路は角ゴシック……意外と知らない道路標識の秘密」，https://gazoo.com/article/daily/180410.html。
- pumpCurry's FontJunction（発行年不明）「高速道路の文字を再現しよう計画」，https://www.hogera.com/pcb/font/。

第二章

2.1

- Department for Transport. (2015). Know Your Traffic Signs Official Edition.
- 《蘋果日報》（2014），〈路牌欠清晰　單車客拒認罪〉，取自 https://hk.appledaily.com/news/art/20140124/18603949.
- 《東方日報》（2015），〈法庭：禁區踩單車　何來上訴脫罪〉，取自 https://orientaldaily.on.cc/cnt/news/20150421/00176_111.html.
- 朱幼麗（2016），〈是推單車還是可踩車？出動終院解釋交通標誌〉，《香港01》，取自 https://www.hk01.com/社會新聞/13313/是推單車還是可踩車-出動終院解釋交通標誌.

2.2

- Transport Department. (2019). *Volume 3: Traffic Signs & Road Markings, Transport Planning & Design Manual*. Hong Kong: Government of Hong Kong.
- Buck, B. (2017). *"Local" Direction Signs*. Show Me A Sign. Retrieved from https://showmeasign.online/2017/03/29/local-direction-signs/.

2.4 - 2.5

- Transport Department. (1984, 1987, 1994, 2002, 2019, 2022, 2024). *Transport Planning & Design Manual, Volume 3 - Traffic Signs and Road Markings*. Hong Kong: Government of Hong Kong.

2.6

- 《華僑日報》（1960），〈交通路牌設置　應有良好設計〉。
- 《工商日報》（1974），〈本港陸續採用國際交通標誌　盡量用圖案代替文字〉。
- 《工商晚報》（1974），〈五種國際統一道路標誌　下週一在兩區試用儘量不採用文字一目了然〉。
- 《工商晚報》（1974），〈符號式交通標誌下週起增設五個〉。
- 《華僑日報》（1974），〈中區及尖沙咀下星期二起　裝新交通標誌〉。
- 《華僑日報》（1974），〈五種新交通標誌　下星期開始使用〉。

- 《華僑日報》（1975），〈符號交通標誌六日起增五種〉。
- 《華僑日報》（1979），〈較易明白清晰易見　採用新的交通標誌　日內將提交立法局〉。
- Hong Kong Police. (1960). *The Highway Code.*
- Public Works Department. (1978). *The Highway Code.*
- Transport Department. (1987). *Road Users' Code.*
- Transport Department. (2000). *Road Users' Code.*

2.7

- 香港運輸局（2000），〈改善交通標誌和道路標記的措施〉，立法會交通事務委員會。
- 道路安全議會（2001），《道路安全通訊第五期》。

2.8

- 秋月（2018），〈青山公路：越大咪越向西〉，《Catalyst News HK》，取自 https://www.catalystnewshk.com/main/qing-shan-gong-lu-yue-da-mi-yue-xiang-xi?fbclid=IwAR2FWjv_SIFl_rasqULy5awRonx5xYqCNKYpAMovli3OL3jt-eWJ0enKSXc。
- 香港地方，〈道路里程碑〉，取自 http://www.hk-place.com/view.php?id=329。

2.10

- Apply for brown tourist signs on roads that Highways England manage（2012）. Retrieved from https://www.gov.uk/guidance/apply-for-brown-tourist-signs-on-roads-the-highways-agency-manage
- Highways England. (2018). Apply for brown tourist signs on roads that Highways England manage. GOV.UK. Retrieved from https://www.gov.uk/guidance/apply-for-brown-tourist-signs-on-roads-the-highways-agency-manage.
- Hone, A. (n.d.). The History of the Humble Brown Tourist Sign. Follow the brown signs. Retrieved from https://www.planetizen.com/news/2018/05/98550-clearview-back-font-choice-highway-signs.
- The History of the Humble Brown Tourist Sign. Retrieved from http://www.followthebrownsigns.com/the-history-of-the-humble-brown-tourist-sign/

• 香港運輸署（2020），<推行「中環 - 紅磡」渡輪航線及「水上的士」服務>，立法會交通事務委員會。

第三章

3.1

• The National Archives. (1948). *Pedestrian Crossing, Road Safety and the Public*. London: Central Office of Information for Ministry of Transport.

• Hugo Ng（2018），〈四五十年代的香港特色標誌　紳士腳「沿步路過」行人指導牌〉，誌同道合 De sign-age，取自 https://designagehk.org/1955/03/10/gentleman-crossing/。

• 《工商晚報》（1964），〈小評：建立「斑馬佬」權威！〉。

• 《華僑日報》（1958），〈汽車要對行人禮讓　保障人命　行人橫過馬路要依照斑馬線〉。

• 《華僑日報》（1958），〈身高十四呎或六呎　「斑馬佬」出現〉。

3.2

• 《工商日報》（1936），〈大道中新裝交通燈〉。

• 《工商日報》（1946），〈各處交通燈將恢復放亮〉。

• 《大公報》（1949），〈會講話的交通燈昨天在英國出現〉。

• 余思朗（2017），〈【社區異想】過路燈曾是社區潮物？港英政府設「黑盒」教人過馬路〉，《香港 01》，取自 https://www.hk01.com/社區專題/79936/社區異想 - 過路燈曾是社區潮物 - 港英政府設 - 黑盒 - 教人過馬路。

• 香港運輸及房屋局（2008），〈行人過路處交通燈柱上控制盒的設計　以及行人閃動綠燈倒數器〉，立法會交通事務委員會。

• 舊時香港（2025），〈香港 90 年前引進全自動「紅綠燈」〉，取自 https://www.patreon.com/posts/xiang-gang-qian-122765054。

• The Hong Kong Telegraph. (1933). *Automatic Traffic Signals For Hong Kong.*

• Hong Kong Sunday Herald. (1934). *Success of "EVA": Justifies installation in Pedder St.*

3.3

- Hugo Ng（2018），〈香港限定「安全島燈箱」，名叫「莫禮遜燈號」〉，誌同道合 De Sign-Age，取自 https://designagehk.org/1973/05/29/bollard/。
- 《工商晚報》（1969），〈交通總警司呼籲 小型巴士司機 應詳記新標誌〉。
- 《華僑日報》（1973），〈改善本港交通標誌 試用新式交通燈號 用符號代替指示路綫〉。

3.4

- 《華僑日報》（1959），〈巴士貨車限速三十哩〉。
- 《大公報》（1960），〈港九新界廿二段路駕車時速限制卅咪〉。
- 《大公路》（1962），〈在彎曲路安全行車 夏慤道設指導牌 明日開始以後按步實施〉。
- 《工商晚報》（1968），〈夏慤道今起時速限卅哩〉。
- 《大公報》（1984），〈道路交通新規例 八月底開始實施〉。
- 《大公報》（1984），〈道路新例實施後 交通標誌將減少〉。
- 《華僑日報》（1984），〈交通新例廿五實施 路牌改十進制 限速五十公里〉。
道路安全議會（2000），《道路安全通訊第二期》。
- 誌同道合 De Sign-Age（2018），〈【香港路牌．來稿】一國兩制之爭：英國與香港路牌單位變遷的故事〉，《香港 01》，取自 https://www.hk01.com/01博評 - 香港地 /155047/ 香港路牌 - 來稿 - 一國兩制之爭 - 英國與香港路牌單位變遷的故事。
- 港識多史（2018），〈【香港交通】100 年前警方是如何應付超速駕駛？〉，取自 http://www.wetoasthk.com/【香港交通】100 年前警方是如何應付超速駕駛？。

第四章

4.1

- 《羊城晚報》（2011），〈古人習慣靠左走〉。
- CELSIOR.C@ME（2016），〈澳門汽車講座 4：與葡萄牙唱反調的右駕〉，CELSIOR's Automotive Saloon，取自 http://celsior.pixnet.net/blog/post/328221369。

4.2

- 松山查爾斯（2018），〈行人避車島、兩段式穿越〉，Medium，取自 https://medium.com/@songshancharles/ 行人避車島 - 兩段式穿越。
- VicRoads. (2019). Turning. Retrieved from https://www.vicroads.vic.gov.au/safety-and-road-rules/road-rules/a-to-z-of-road-rules/turning.
- 市政新聞（2018），〈26 處內側車道開放機慢車直接左轉　左轉免擱淡〉，新北市政府交通局，取自 https://www.ntpc.gov.tw/ch/home.jsp?id=28&parentpath=0,6,27&mcustomize=news_view.jsp&dataserno=201807250013&mserno=201309100001。

4.2 - 4.5

- Transport Department. (2019). *Volume 2: Highway Design Characteristics, Transport Planning & Design Manual. Hong Kong:* Government of Hong Kong.
- Transport Department. (2019). *Volume 4: Road Traffic Signals, Transport Planning & Design Manual*. Hong Kong: Government of Hong Kong.

第五章

5.1

- 《華僑日報》（1970），〈港九路牌交通牌　由赤柱囚犯製造〉。
- 余思朗（2017），〈朝 8 晏 4　年產 7,000 路牌　帶你直擊赤柱囚犯製作工場！〉，《香港 01》，取自 https://www.hk01.com/ 社區專題 /74181/ 有片 - 朝 8 晏 4- 年產 7-000 路牌 - 帶你直擊赤柱囚犯製作工場。

5.2

- 思崎井（2014），〈字體隨意走走 2：澳門公路標誌是一本天書〉，《論盡媒體》，取自 https://aamacau.com/2014/09/02/ 字體隨意走走 2- 澳門公路標誌是一本天書。

5.3

- The Beauty of Transport. (2014). *Sign Languages (Transport and Ministry typefaces, UK)*. Retrieved from https://thebeautyoftransport.com/2014/12/03/sign-languages-transport-and-ministry-typefaces-uk/.

5.4

- 《華僑日報》（1980），〈交通反光路牌　提示駕駛安全〉。
- 《華僑日報》（1982），〈葵涌道路安全開放日　反光路牌獲好評〉。

5.5

- But（2013），〈[but] 尋找街上字體的來歷——台灣路標的黑體〉，JustFont Blog，取自 https://blog.justfont.com/2013/06/road-guide-gothic/。

邱益彰 @ 道路研究社　著

責任編輯　林雪伶　朱嘉敏
　　　　　梁嘉俊
協　　力　林嘉洋　周曉荃
裝幀設計　明　志
排　　版　明　志　林曉娜
印　　務　劉漢舉

出版
非凡出版
香港北角英皇道 499 號北角工業大廈 1 樓 B
電話：(852) 2137 2338　傳真：(852) 2713 8202
電子郵件：Info@chunghwabook.com.hk
網址：http://www.chunghwabook.com.hk

發行
香港聯合書刊物流有限公司
香港新界荃灣德士古道 220-248 號
荃灣工業中心 16 樓
電話：(852) 2150 2100　傳真：(852) 2407 3062
電子郵件：info@suplogistics.com.hk

版次
2025 年 7 月初版
2025 年 10 月第二次印刷

規格
16 開（220mm x 150mm）

ISBN
978-988-8913-15-2

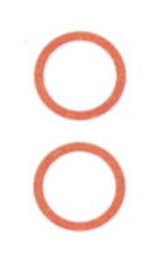

U0942457

Queensway & Mid-Levels
金鐘道及半山區

Harcourt Road
夏慤道
7

STOP
停

4 pm-7 pm
下午四時
至
下午七時

40.4
南 1 S